ENTRE FEU ET GEL

GLACE ROUGE SANG
TOME 3

WILLOW FOX

Entre feu et gel

Glace rouge sang, Tome 3

Par Willow Fox

Publié par Slow Burn Publishing

Publié à l'origine sous le titre : Between Fire and Frost

Traduction par Fanny C.

Couverture par Slow Burn Publishing

Cover Design by GetCovers

UN

LUCA

PUTAIN, *elle m'a quitté.*

J'ai l'estomac noué de peur, de colère, de désespoir tandis que je froisse le mot et le jette à la poubelle.

— Je n'arrive pas à croire qu'elle m'ait quitté avec un simple mot.

La colère bouillonne dans mon sang et j'arrache mon nœud papillon, puis je défais les boutons de mon smoking.

Il n'y aura pas de mariage aujourd'hui.

Dante sera ravi. Il ne voulait même pas que j'épouse Harper.

Il a essayé de la faire épouser Ashton.

Moi, en revanche, je suis anéanti. Je ne suis pas sûr que s'enfuir soit la meilleure des deux options : épouser Ashton ou fuir, car m'épouser devait être horrifiant.

J'ai l'impression que je pourrais vraiment vomir.

Je me tourne vers la porte et bouscule Ashton au passage alors que je sors en trombe de la pièce. La maison me semble incroyablement petite et je me précipite dehors, ayant besoin d'air pour respirer.

L'air frais n'est pas suffisant, mais le froid m'engourdit et émousse mes sens. Il n'atténue cependant pas la douleur dans mon cœur.

Les larmes menacent de couler, mais je ne veux pas que quiconque les voie, ni Ashton, ni Kensley, et certainement pas mon père.

La porte s'ouvre derrière moi.

Je n'ose pas regarder qui me poursuit.

Je suis à vif à l'intérieur.

Je ne pardonnerai jamais à Harper.

Elle peut courir, mais elle ne peut pas se cacher.

Comme une tempête de neige, je retourne en trombe dans la maison tout en appelant mon père.

— Dante !

Ma voix rugit tandis que je sens la colère qui me traverse.

La chaleur irradie de mon corps. Mon nœud papillon a disparu, ma veste est déboutonnée, et je transpire toujours.

Dante entend ma voix, ou peut-être est-ce l'ouragan qui me suit alors que ses hommes s'agitent comme si j'avais besoin d'aide.

Je n'ai pas besoin de le dire.

Dante me regarde, et c'est comme s'il savait.

Sait-il parce qu'il l'a compris tout seul ou parce qu'on le lui a dit ?

Je grogne en pointant du doigt la fille en robe violet foncé qui se tient à quelques pas :

— Je veux que Kensley soit détenue.

— Quoi ?

Ses yeux s'écarquillent et elle recule de plusieurs pas, mais se heurte à Moreno.

Il la saisit par le bras et l'entraîne dans le couloir.

— S'il vous plaît, non ! crie-t-elle en se battant pour sa vie.

Je me bats pour la mienne.

Pour ma femme.

Correction.

Pour la femme que j'aurais dû avoir et le garçon qui devait devenir mon fils.

Ashton s'approche.

— Tu es sûr que nous devrions faire ça maintenant ? murmure-t-il à mon oreille.

— C'est de ta faute.

Je le fusille du regard.

— Si tu n'avais pas exigé qu'elle t'épouse *toi*, peut-être qu'elle ne se serait pas enfuie.

Ashton se tait.

Le regard de Dante va d'Ashton à moi. Visiblement, il est surpris que je sois au courant de ce qui se passe sous son toit.

Il s'avère que nous avons tous des secrets.

Kensley est traînée jusqu'à la cellule de détention du sous-sol alors qu'elle continue à crier et se débattre.

Personne ne les arrête ni ne l'aide.

Je regarde autour de moi et ne vois aucun signe des parents de Harper. Les seuls invités aujourd'hui sont tous conscients de la maison dans laquelle ils se trouvent, celle de la mafia.

Ce sont des amis de la famille, pas de simples connaissances. Les invités du mariage sont soit ceux qui travaillent pour Dante, soit ceux qui sont venus à son insistance.

Ils savent tous qui il est.

Aucun n'ose intervenir.

Ils ne sont pas assez fous pour penser qu'ils ont une chance de calmer un chef de la mafia. Mais Dante est relativement calme, et c'est moi qui suis alimenté par la colère et la trahison.

La haine brûle plus fort et plus chaud que l'amour.

La trahison brûle ma peau, lèche ma langue et me remplit de haine.

Je descends les escaliers du sous-sol en trombe pour trouver Kensley attachée à une chaise métallique, ses jambes et ses bras déjà liés. Moreno a été rapide avec les cordes et les chaînes. Ce n'est pas son premier interrogatoire, bien que Matteo soit notre interrogateur habituel.

Mais je veux être celui qui questionne Kensley.

Je mérite d'être celui qui mène l'interrogatoire.

— S'il vous plaît, supplie-t-elle Moreno, et je lui fais signe de s'écarter.

— Donne-nous une minute, dis-je en lui faisant signe de monter les escaliers.

Il y a des larmes dans les yeux de Kensley, et elle lutte pour reprendre son souffle. Ses joues sont rouges, son corps tremble.

Moreno monte les escaliers, me laissant seul avec la meilleure amie de Harper.

— S'il te plaît, tu dois m'aider, supplie-t-elle.

Je m'agenouille à côté d'elle pour me mettre à son niveau.

— Pourquoi est-ce que je le ferais ? dis-je avec fureur, les poings serrés le long de mon corps. Tu connaissais le plan de Harper.

Elle reste silencieuse.

Il semble que j'aie raison.

— Depuis combien de temps prévoyait-elle de me quitter ?

Les mots me transpercent le cœur comme un couteau alors que je les prononce à voix haute.

— Je ne... elle ne voulait pas, mais ton père.

Je secoue la tête, ne croyant pas Kensley.

— Mon père ne l'a pas renvoyée. Elle a choisi de fuir. De m'humilier le jour de mon mariage.

Le front de Kensley se plisse.

— Elle t'aime. C'est pour ça qu'elle est partie. Tu as lu la lettre.

— J'ai lu qu'elle voulait mettre fin aux choses, qu'elle ne veut pas que je la poursuive. Où est-elle allée ?

Je grogne et me penche plus près, basculant la chaise en arrière. Mes mains agrippent le métal pour empêcher Kensley de tomber.

Ses yeux s'écarquillent tandis qu'elle cherche à respirer.

— Je ne sais pas ! Je lui ai prêté ma carte de crédit, avoue-t-elle beaucoup trop facilement. Tu es vraiment de la mafia.

Mon regard se durcit.

— Est-ce que Harper te l'a dit ?

J'incline la tête et je repose les pieds de la chaise sur le sol en béton.

— Elle m'a tout dit, murmure Kensley en me fixant du regard. Mais elle a omis la partie où tu es le monstre.

Ses paroles me blessent plus profondément que la trahison du départ de Harper.

Je n'ai jamais voulu devenir mon père, mais en interrogeant Kensley, la colère me brûle plus fort que des charbons ardents dans une flamme rugissante.

— Elle n'aurait pas dû fuir.

— Tu ne l'aimes pas, dit Kensley, qui refuse de céder.

Je vois la peur derrière son regard bleu pâle. Je lui ai fait peur, mais elle ne recule pas.

Elle se redresse sur son siège avec un air de défi.

— Elle est partie parce qu'elle t'aime.

— C'est la chose la plus stupide que j'aie jamais entendue, dis-je en grondant.

Je bascule sa chaise en arrière et ses yeux s'écarquillent.

Elle sait que si je la lâche, elle s'écrasera sur le béton froid et se cognera probablement la tête. Elle se penche en avant pour essayer de se préparer à l'impact.

Mais je ne retire pas mes mains de la chaise métallique.

— Elle ne voulait pas te forcer à vivre une vie avec elle et Zeke.

— Mais c'est cette vie que je veux !

Je crie sur Kensley, comme si elle pouvait d'une manière ou d'une autre le transmettre à Harper tout en étant attachée à cette chaise pliante en métal.

Je claque la chaise pour la remettre sur ses quatre pieds, et elle rebondit mais ne tombe pas.

Kensley respire fortement, son corps tremblant sous l'effet de l'adrénaline.

— Je n'aurais jamais dû faire confiance à Harper pour garder notre secret.

— Je te jure qu'elle ne me l'a dit que parce qu'elle savait qu'elle pouvait me faire confiance, dit Kensley pour la défendre.

— Elle aurait dû *me* faire confiance !

— Ta loyauté va à ton père, à ta famille. Elle m'a tout raconté sur la façon dont tu es forcé de travailler pour ton père. Harper essayait de te donner une autre vie. Une vie meilleure.

Je recule, ayant besoin de m'éloigner de Kensley.

— Ce ne sont que des mensonges.

Je ne peux pas l'écouter. Elle essaie de s'immiscer dans ma tête, de me troubler, de me faire voir les choses autrement qu'elles ne sont.

— Je te jure qu'elle t'aime. C'est pour ça qu'elle a fait ça, elle abandonne ses études universitaires, sa stabilité. Elle n'a rien quand elle est en fuite.

Je me dirige vers les escaliers et je monte les marches deux par deux, laissant Kensley attachée.

— Je dois la retrouver.

Je dois la retrouver avant que Dante ou ses hommes ne la repèrent.

Ils ne seront pas aussi indulgents.

— Tu as obtenu quelque chose de la fille ? demande Moreno alors que je sors du sous-sol.

J'hésite, me demandant si je veux faire cela seul, mais je me ravise.

Tout ce que Kensley m'a dit, elle le révélera facilement à Moreno ou à n'importe lequel des soldats qui l'interrogeront.

— Elle a donné sa carte de crédit à Harper. Analyse les informations, nous pourrons la localiser.

Je ne révèle pas que Kensley est au courant des affaires familiales. À ce stade, après avoir été amenée au sous-sol et attachée, elle l'aurait compris toute seule.

Je lance un regard noir à Nova qui arrive en courant au coin du couloir. Apparemment, elle a eu vent de ce qui se passe.

— Ça va ? demande-t-elle, l'air exaspérée.

Mon regard se durcit et je grogne en réponse :

— Non.

Nova et Harper étaient devenues amies au cours des deux derniers mois. Je gronde en m'approchant d'elle :

— Tu étais au courant ?

Elle me repousse.

— Non. Harper m'a tenue dans l'ignorance de son plan.

Moreno observe notre échange pendant un moment avant de se précipiter avec Dante dans le couloir vers son bureau. Je suis sûr qu'ils prévoient de tracer la carte de crédit de Kensley. Harper en aurait besoin si elle envisageait de séjourner dans un hôtel.

— Vraiment ? Parce que vous deux étiez plutôt

proches dernièrement. Meilleures amies, si je me souviens bien.

Je veux croire Nova, mais en ce moment je ne fais confiance à personne.

Nova lève les yeux au ciel.

Elle n'a absolument pas peur de moi. Elle croise les bras sur sa poitrine. Elle porte la même robe que Kensley, violet foncé avec une bordure noire. Elles devaient toutes les deux être demoiselles d'honneur pour notre mariage.

Ça me brûle de l'intérieur de réaliser qu'il n'y aura pas de mariage.

Je ne voulais même pas me marier, mais le rejet, l'humiliation, tout cela me fait mal jusqu'au plus profond de mon être.

J'avais une issue.

Harper aurait pu épouser Ashton.

C'est ce que mon père voulait, ce qu'il exigeait d'Ashton, mais à la place, elle s'est choisie elle-même plutôt que moi.

Il n'y a pas de soulagement, juste de la mélancolie.

— Reviens sur Terre, Luca.

Nova ne recule pas.

— Le mariage était une idée idiote dès le départ.

Tu n'as accepté que pour la maintenir en vie. N'oublie pas ça !

Ce qui a commencé uniquement comme un acte de protection est devenu tellement plus.

Harper représente tellement plus pour moi.

Je voulais l'épouser.

Passer le reste de ma vie avec elle.

Oui, il y a eu des moments où j'étais distant.

C'est difficile d'être propulsé subitement dans la parentalité.

Elle a un fils, et cette simple pensée, sans parler de prendre soin d'une autre personne, d'un enfant, me terrifie. Je ne veux jamais devenir comme mon vieux.

J'avais essayé de garder une certaine distance avec Zeke et avec Harper.

Mais chaque fois que nous retombions dans nos habitudes, à finir dans le même lit, nous embrasser, nous toucher, je tombais plus profondément, plus durement, plus rapidement, amoureux de Harper.

Et maintenant elle m'a arraché le cœur et m'a laissé avec une putain de lettre de rupture.

— Va te faire foutre !

Je grogne en direction de Nova avant de partir à la recherche de Dante.

J'espère qu'à présent, il a trouvé où se trouve Harper.

J'entre dans son bureau sans même frapper, comme si j'étais chez moi.

Un jour ce sera le cas, mais pas aujourd'hui.

Dante hausse un sourcil, surpris, mais il ne me réprimande pas.

Une autre première pour aujourd'hui.

Moreno se tient silencieux dans le coin de la pièce, dans l'obscurité.

— Il semble qu'ils soient dans une petite ville au sud-ouest d'ici. Il y a un reçu pour des couches et des en-cas d'une aire de repos.

— Je vais aller vérifier, dis-je en sortant du bureau de mon père.

— Luca, m'appelle Moreno.

Je jette un coup d'œil par-dessus mon épaule.

— Tu voudras peut-être te changer d'abord.

Ashton vient avec moi tandis que Nova reste avec Kensley.

Je n'ai pas encore détaché Kensley du sous-sol. Je ne sais pas si Moreno ou un autre des soldats va l'interroger.

Ce n'est plus mon problème.

Si elle n'avait pas aidé Harper à fuir notre mariage, elle ne serait pas soumise à la colère de notre famille.

Elle l'a bien mérité.

Mon cœur est glacé et refroidi par la trahison.

J'entends le froissement d'un papier, et je jette un coup d'œil à Ashton alors que je conduis en direction de l'aire de repos où Harper a été vue pour la dernière fois.

Il est peu probable qu'elle soit encore là, mais Dante m'a assuré qu'il appellerait dès qu'elle ferait un nouvel achat.

Ce n'est qu'une question de temps, et au moins nous serons proches.

— Qu'est-ce que c'est que ce truc ?

Je grogne, mais je connais déjà la réponse. Il a repêché la lettre de rupture dans la poubelle.

— Juste quelque chose dont tu voudrais peut-être parler avec Harper.

Je ricane et serre le volant plus fort en me repositionnant inconfortablement sur le siège conducteur. Mon pied appuie fermement sur l'accélérateur pour essayer de rattraper le temps perdu.

Harper a quelques heures d'avance.

Ça doit être la raison pour laquelle Kensley est apparue. Ce n'était pas seulement pour nous remettre la lettre de Harper, mais aussi pour gagner du temps pour permettre à son amie de s'échapper.

Je jette un coup d'œil à Ashton et lui demande :

— Pourquoi Harper n'est-elle pas simplement allée chez ses parents ?

— Ce serait le premier endroit où nous la chercherions. Elle *met* leur vie en danger en annulant le mariage, me rappelle-t-il.

Je ne pense pas qu'elle aimait beaucoup ses parents, ou peut-être qu'ils ne s'entendaient juste pas très bien dernièrement.

Harper parlait rarement de sa mère et de son père. Je n'ai certainement pas insisté sur le sujet. Ce n'est pas comme si j'étais proche de ma famille, bien que pour des raisons différentes.

Mon téléphone sonne, et je réponds via Bluetooth sur les haut-parleurs de la voiture.

Dante va droit au but.

— Nous avons localisé son téléphone, mais on dirait qu'elle l'a laissé dans le bus. Il continue à émettre un signal entre ici et le campus, aller-retour.

Ça explique pourquoi elle n'a pas répondu à mes messages.

L'a-t-elle laissé volontairement pour nous

dérouter, ou l'a-t-elle accidentellement fait tomber entre les sièges ?

— Des nouveaux achats ?

— Rien pour l'instant. Kensley a mentionné un billet de bus qu'elle lui a payé en liquide, mais Harper a insisté pour ne pas lui dire où elle allait, dit Moreno.

Ils semblent être en haut-parleur pour partager ces informations.

— Est-ce que Kensley a dit autre chose ? demande Ashton.

Je lui lance un regard noir.

— Non, Nova l'a ramenée à l'étage contre mon autorité, gronde Moreno, et j'imagine qu'il est furieux contre sa fille.

Elle est courageuse, je dois lui reconnaître ça, et un peu insubordonnée.

Ashton s'agite sur son siège, un peu nerveux. Nous conduisons depuis quelques heures déjà, mais je n'ai pas l'intention de m'arrêter avant d'arriver à notre destination.

— Ce n'est pas grave.

Dante s'éclaircit la gorge, et je sens qu'il y a une tension qui couve.

Dante détestait quand il ne pouvait pas me

contrôler. Je n'imagine pas qu'il apprécie le fait que Nova désobéisse aux ordres et fasse ce qui lui plaît.

Elle va s'attirer un tas d'ennuis si elle n'est pas prudente.

— Kensley n'a rien pu nous dire que nous ne sachions déjà, ajoute Dante. Nous l'avons renvoyée chez elle, mis son téléphone sous surveillance. Nous saurons si elle contacte Harper ou vice versa.

Je fusille Ashton du regard.

Mon père avait-il fait la même chose pour moi ou Harper ?

Une heure de plus en voiture et nous arrivons à l'aire de repos. Je sors, étire mes jambes et me dirige directement vers le caissier, dans l'espoir qu'il puisse nous donner des informations.

— Bonjour, dit l'employé en train de mâcher un chewing-gum.

Il semble à peine assez âgé pour tenir la caisse.

Il fait éclater une bulle et me regarde.

— Je peux vous aider ?

— Nous cherchons—

Ashton s'avance vers le comptoir et m'interrompt.

— Ma sœur s'est enfuie avec son fils. Il a environ deux ans, dit Ashton en faisant un geste indiquant la taille de Zeke. Nous la cherchons avant que son petit ami minable ne se pointe et la menace à nouveau.

Les yeux de l'employé s'écarquillent.

— Oh, mon Dieu. Oui, je me souviens d'elle. Jolie fille. Le gamin était un vrai phénomène, il a essayé d'attraper tout ce qu'il y avait sur les étagères et hurlait quand elle ne le laissait pas marcher tout seul. Elle était dans le bus qui s'est arrêté ici.

Je demande :

— Vous savez où va ce bus ?

Il me dévisage.

— Vous êtes vraiment ses frères ? Vous ne vous ressemblez pas.

— Mères différentes, dis-je en forçant un sourire. Nous essayons juste de les protéger, elle et le petit garçon.

— Le bus va à Las Vegas, dit l'employé.

Nous retournons à la voiture, faisons le plein d'essence et reprenons la route.

— Tu vas appeler Dante ? demande Ashton, qui m'observe attentivement alors que nous revenons sur la route principale.

J'entre Las Vegas dans l'application GPS de mon téléphone pour ne pas nous perdre. Avec un peu de chance, c'est le même itinéraire que prend le bus.

— Ce n'était pas prévu.

Si j'appelle Dante, il a probablement des connaissances à Vegas. Ils attendront Harper bien avant que nous arrivions.

Je suis en colère contre elle, mais je ne veux pas qu'il lui arrive quelque chose, à elle ou à Zeke.

— Bien, dit Ashton en se calant confortablement.

Je le fusille du regard tout en conduisant.

— Quoi ? demande-t-il en me regardant. Tu continues à me fixer comme si j'étais responsable de tout ce qui arrive.

— Tu n'es pas innocent.

— Peu importe. Ce n'est pas ma faute si elle est en fuite.

Ashton croise les bras sur sa poitrine.

— Tu n'arrêtais pas de te jeter sur elle, je suis sûr que ça n'a pas aidé la situation.

Ashton déplie la lettre froissée et la lit en silence.

— Il n'y a rien à propos de moi ici.

Je tends la main vers la lettre, mais il s'amuse à la garder hors de portée. Si je ne conduisais pas, je l'aurais arrachée de ses mains en quelques secondes.

— Va te faire foutre, Ashton.

Je grogne et lui donne un coup de coude dans le côté tout en essayant de garder mes mains sur le volant, plus ou moins.

— Pour un mec *pas* amoureux, tu es un peu tendu. Et je sais que tu couchais avec elle. Donc ça ne peut pas être ça. Tout le monde dans la maison pouvait vous entendre vous griffer l'un l'autre comme des animaux sauvages.

— Tu es un enfoiré, et je n'ai jamais dit que je ne l'aimais pas. C'est Harper qui fait cette supposition.

Clairement, elle ne sait pas ce que je ressens vraiment, parce que lire cette lettre m'a déchiré de l'intérieur.

Ashton ricane.

— Tu ferais mieux d'être prêt à lui dire ces trois mots ou ce voyage est une énorme perte de temps.

DEUX

HARPER

À CHAQUE INSTANT, j'ai l'impression d'être surveillée.

Suis-je paranoïaque ? Probablement, mais c'est difficile de ne pas l'être quand on fuit son propre mariage et qu'on est censée épouser Luca, qui est né et a grandi dans la mafia.

Ce qui est de ma faute. Du moins en partie.

Luca avait renié son père jusqu'à ce que je gâche tout et le force à me demander en mariage, pour nous protéger, Zeke et moi.

J'embrasse le front de Zeke. Il est assis dans son siège auto et s'agite depuis deux heures.

Il est aussi brûlant.

Je pensais que c'était à cause de la chaleur du bus et de son manteau d'hiver qui le faisaient surchauffer. Maintenant, je pense que c'est peut-être vraiment de la fièvre.

Ses joues sont roses, et il pleure et s'agite depuis presque tout le trajet. Je le sors de son siège auto et le câline pour essayer de le calmer.

Il est chaud, en sueur, et toujours agité.

Je l'embrasse sur le front, et je suis certaine qu'il a de la fièvre.

Encore dix heures de bus jusqu'à Vegas, ça ne va pas le faire.

Le chauffeur annonce que le prochain arrêt est dans une petite ville et que nous y resterons une demi-heure si quelqu'un veut prendre un repas avant de reprendre la route.

Ça me donne une chance de voir s'il y a un hôtel, un endroit où nous pourrons nous poser un moment.

J'emmitoufle Zeke dans son manteau d'hiver et ses bottes. Il hurle à pleins poumons, pas du tout ravi, et moi non plus.

Quelques passagers du bus me lancent des regards noirs, et je leur adresse un sourire d'excuse. Nous ne survivrons pas à un trajet jusqu'à Vegas.

À l'arrêt suivant, je descends avec le sac à dos sur

les épaules, Zeke qui me tient une main et le siège auto dans l'autre, rempli de nos achats récents de l'aire de repos : des collations pour Zeke, du Tylenol pour bébé, des couches et des lingettes.

Il fait un temps glacial dehors, le vent me fouette, et Zeke est inconsolable alors que le froid nous assaille.

Je soulève Zeke sur ma hanche et le serre contre moi. Il enfouit son visage dans ma veste tandis que j'observe la petite ville.

Il y a un motel pas très loin, de l'autre côté de la rue en face de la chaîne de fast-food. Je me dirige vers le motel, optant pour une chambre. Si au moins je peux installer Zeke et le laisser se reposer, peut-être que demain, nous pourrons prendre le prochain bus.

Même si je n'ai pas mon téléphone pour acheter un billet de bus et qu'il ne semble pas y avoir de gare routière à proximité.

Ce sera le problème de demain.

Pour l'instant, je m'inquiète davantage pour Zeke et sa fièvre apparente.

Je parviens à obtenir une chambre en utilisant la carte de crédit de Kensley, et je récupère la clé.

Zeke s'agite tout le temps.

— Ça va aller. On va bientôt se reposer, lui dis-je.

Il a déjà manqué sa sieste de l'après-midi. C'est un plaisir d'être avec lui quand il suit sa routine, mais ajoutez de la fièvre et c'est l'enfer.

Je ne devrais pas être surprise.

Aujourd'hui n'a pas été un samedi typique, pour aucun d'entre nous.

Après nous être installés et avoir déposé nos affaires, je l'emmène de l'autre côté de la rue pour prendre un repas rapide. Je meurs de faim, mais j'ai donné des snacks à Zeke pour essayer de le calmer. Je doute qu'il ait faim de toute façon.

Je commande un hamburger avec des frites et prends un menu enfant pour Zeke, espérant qu'il mangera un peu de protéines. Les crackers, les bretzels et les chips ne sont pas exactement nourrissants.

Zeke est assis sur mes genoux pendant que j'effiloche ses bâtonnets de poulet, les réduisant en morceaux de la taille d'une bouchée pour qu'il puisse se nourrir lui-même.

Il a le nez qui coule et le visage baigné de larmes, mais il attrape le poulet avec son poing, avant de le fourrer dans sa bouche.

Je suis soulagée qu'il soit calme pendant quelques minutes, ce qui me donne le temps de croquer dans mon hamburger. Je suis absolument affamée. Je n'ai rien mangé au petit déjeuner, et c'est déjà presque l'heure du dîner.

Il fait nuit dehors, mais ce n'est pas encore l'heure du coucher de Zeke. Il est encore un peu tôt. Il termine la dernière bouchée de son poulet et tend la main vers mes frites.

— Tu as des fruits, dis-je en lui montrant les morceaux de fruits frais coupés sur la serviette pour qu'il les mange.

Il se tortille en avant et gigote pour attraper ma frite.

— Ok.

Je cède et en coupe un petit morceau, pour qu'il n'enfourne pas toute la frite dans sa bouche. Il l'attrape, et ses yeux s'écarquillent quand il goûte ce délice salé.

Il pointe mes frites pour me dire qu'il en veut davantage.

Tant pis pour mes tentatives de lui faire manger des fruits. Je l'embrasse sur le front. Il est toujours chaud, mais ce n'est pas aussi intense qu'avant.

Pleurer augmente aussi un peu sa température, et il s'est calmé maintenant qu'il mange son dîner. Même si ce n'est pas le meilleur repas, c'est mieux que des snacks.

Assise près de la fenêtre, je jette un coup d'œil au

bus, les autres passagers remontent à bord, se préparant à quitter la ville.

Mon souffle se bloque dans ma gorge quand le véhicule de Luca s'arrête lentement devant le bus pour le bloquer.

Je détourne le regard, espérant que peut-être si je ne regarde pas dans sa direction, il ne me verra pas à l'intérieur du restaurant.

Mais comme devant un accident de train, je ne peux pas détourner les yeux. Mon regard est toujours fixé sur *lui*.

Mon souffle se coupe quand quelqu'un pointe l'hôtel puis la chaîne de fast-food.

Son regard croise le mien, et il a l'air sacrément furieux.

Luca lance ses clés à Ashton et se dirige à grands pas vers nous.

Putain.

Putain.

Putain.

Luca est furieux.

Ashton déplace la voiture et se gare devant l'hôtel.

Comme un ouragan, Luca entre en trombe, la colère émanant de lui comme de la vapeur par un jour d'hiver glacial.

Ce regard seul me fait frissonner.

Il est glacial.

Amer.

Et réservé uniquement à moi.

Ce n'est pas quelque chose dont je devrais me réjouir.

Je murmure en le regardant :

— Tu n'étais pas censé venir me chercher.

Zeke tend les bras vers Luca.

— Dada, dit-il, et mon cœur se brise un million de fois plus en entendant mon fils l'appeler ainsi.

Luca exhale bruyamment et fait tout son possible pour ignorer Zeke.

J'aimerais voir sa résolution s'effondrer et qu'il comprenne que je ne suis pas la méchante.

— Je n'arrive pas à croire que tu m'as quitté avec une lettre. Une lettre que tu n'as même pas eu le courage de me donner !

Luca n'est pas du tout discret, et les deux autres clients du restaurant se tournent dans notre direction.

En soupirant, je lui indique la place vide en face de moi.

— Je préfère rester debout, lance Luca sèchement.

— J'essayais de te donner ta liberté, Luca, dis-je, en gardant un ton doux et neutre.

Je n'ai aucune raison de me disputer avec lui.

Zeke s'agite et devient impatient dans mes bras, surtout maintenant qu'il voit Luca, et apparemment, le petit en a assez de moi aujourd'hui.

— Ma liberté ?

Luca rit sombrement, clairement en colère et blessé.

J'aurais dû prévoir les conséquences. Je n'avais pas l'intention de le blesser.

— Honnêtement, je pensais que tu serais soulagé, dis-je en le regardant.

— Tu ne me connais pas du tout.

Luca secoue la tête, furieux.

— J'étais prêt à sacrifier mon avenir pour toi—

— Je ne t'ai jamais demandé de faire ça !

Ma voix monte d'un octave.

La porte du restaurant s'ouvre, et Ashton entre tranquillement.

— Dada ! dit Zeke à Ashton.

Apparemment, c'est son nouveau mot préféré.

— Je peux le prendre ? me demande Ashton alors que Zeke tend ses bras, attendant d'être porté par n'importe qui sauf moi.

Mon petit traître.

La réticence s'estompe en moi.

Ashton est autant mafieux que Dante. Il n'aurait pas insisté pour m'épouser s'il ne suivait pas les ordres.

Mais je ne crois pas qu'il ferait du mal à mon fils.

J'ai vu comment Ashton se comporte avec Zeke à la maison, il lui court après, joue à cache-cache et au monstre chatouilleur.

Zeke continue de s'agiter jusqu'à ce que je cède.

— Oui, dis-je en le lui confiant.

Ashton l'emmène vers l'espace jeux du restaurant pour essayer de le tenir à l'écart des adultes qui se disputent.

— Tu as tout risqué, même la vie de Kensley. Tu as été stupide de lui parler de la famille, siffle Luca en s'asseyant en face de moi.

Merde.

Je ne m'attendais pas à ce que Kensley le dise à qui que ce soit.

— Est-ce que Kensley va bien ?

Je ne me pardonnerais jamais si Dante ou ses hommes lui avaient fait quoi que ce soit.

— Quand je suis parti, elle était enfermée dans la cave de Dante.

Il incline légèrement la tête, les yeux plissés pour m'étudier.

Ce n'est pas ce que je voulais.

Si quelqu'un devait être enchaîné en bas, c'est moi.

C'est de ma faute.

Fuir le mariage.

Quitter Luca.

Divulguer des secrets de la mafia.

C'est moi la coupable, pas Kensley.

— Ce n'est pas juste.

— La vie n'est pas juste. C'est une façon difficile d'apprendre cette leçon, me réprimande Luca.

— Je devais faire confiance à quelqu'un.

Il me fusille du regard et vole une de mes frites.

— Tu étais censée me faire confiance à moi !

Il met la nourriture dans sa bouche et mâche plutôt agressivement.

— Tu ne m'aurais jamais laissée partir.

— Maintenant, tu comprends ! lance Luca en secouant la tête.

Il passe ses doigts sur la table, et je tends la main vers la sienne, espérant le ramener à la raison et le calmer.

Il blêmit dès que je le touche et retire sa main. Je lui demande en le regardant :

— Pourquoi est-ce que tu es ici ?

— Tu crois que Dante va te laisser t'enfuir

comme ça ? Il te traque. Tu as humilié la famille. Ce n'est pas le genre de chose qu'on peut simplement oublier.

Je n'avais pas réfléchi à ce que ma trahison envers la famille pourrait signifier. Je savais que Zeke était sous ma garde et que je le protégerais. Mes parents, ils pouvaient se débrouiller. En gardant mes distances avec eux ces derniers temps, cela les protégerait.

— Je m'excuserai, mais je ne reviendrai pas.

— Si, tu reviendras, dit-il fermement. Que je doive te porter jusqu'à la voiture ou que tu y ailles par toi-même, nous rentrons à la maison.

— Je ne...

Ma respiration se bloque et je jette un coup d'œil vers la salle de jeux pour voir Zeke.

Il est heureusement inconscient de ce qui se passe. Ashton l'occupe bien.

— Enfuis-toi avec moi, dis-je tout bas. Nous prendrons Zeke, peut-être même qu'Ashton pourrait nous couvrir.

Je ne partirai pas sans mon fils.

— Ashton ne ferait jamais ça, dit Luca, et il serre les dents, la mâchoire crispée tandis qu'il me regarde.

Il dégage une froideur qui me fait frissonner.

— Dante ne nous laissera pas partir. Je te l'ai répété maintes fois. Il a des hommes dans tout le pays qui obéiront à ses ordres.

— Et si on changeait nos noms—

— Tu ne seras jamais en sécurité. Nous ne serons jamais en sécurité, répète-t-il. Le seul choix sûr est de m'épouser.

Je me recale dans la banquette et soupire profondément.

— Waouh, c'est vraiment une si terrible option, dit Luca avec un rire sombre. Tu ne disais pas ça quand on baisait l'autre soir.

Je grimace.

Il est en colère contre moi.

Je n'aurais pas dû m'attendre à autre chose. Je ne sais pas pourquoi j'ai pensé que lui laisser un mot en lui disant de ne pas me courir après allait fonctionner.

— Tu ne veux pas m'épouser.

Je soutiens son regard glacial.

Il déglutit silencieusement et sa langue sort un instant et passe sur sa lèvre supérieure.

Son silence est tout ce que j'ai besoin d'entendre.

— Laisse-nous partir, Zeke et moi, dis-je. Dante arrêtera de me poursuivre quand il réalisera que je ne vaux rien pour lui.

Luca frappe du poing sur la table et grogne vers moi.

— Tu n'écoutes pas, putain !

Une employée nous jette un coup d'œil, et je peux sentir son regard inquiet posé sur moi.

Je force un sourire, mais elle tend la main vers son téléphone portable.

Elle observe et attend de voir si elle devrait appeler la police ou si tout va bien entre nous.

— Nous devons sortir d'ici, dis-je en gardant ma voix basse.

Nous attirons trop l'attention sur nous.

Je regarde par la fenêtre, et le bus s'éloigne. Mon seul choix est de partir avec Luca et Ashton ou de rester dans cette petite ville jusqu'à ce que je trouve une autre solution.

— Bien, enfin des paroles sensées, grogne Luca en sortant du box.

Il débarrasse le plateau de nourriture à moitié mangée, et je prends le manteau de Zeke pour me diriger vers l'aire de jeux intérieure.

À travers les vitres, je peux voir Zeke qui escalade le parcours de jeux.

Je tends la main vers celle de Luca, espérant pouvoir le convaincre de nous emmener dans un endroit sûr, loin de Dante.

Il retire sa main brusquement, comme si j'étais du feu et que j'avais la capacité de le brûler physiquement.

Luca saisit le manteau de Zeke dans mes mains et pousse la porte vitrée.

— Allez, mon grand. On s'habille. Il est temps de reprendre la route.

Nous nous arrêtons d'abord à l'hôtel, récupérons le siège auto de Zeke et mon sac à dos. Je change la couche de Zeke et je vais aux toilettes avant que nous montions tous dans la voiture de Luca.

Je m'assieds à l'arrière à côté de Zeke, qui proteste contre son enfermement dans le siège auto.

L'angoisse me noue l'estomac quand Luca fait demi-tour et nous ramène dans la direction d'où nous venons.

Breckenridge, Montana.

Il semble que rien de ce que je puisse dire ne le convaincra de nous conduire à Vegas ou ailleurs sur la carte.

Je reste assise en silence, essayant de rassurer Zeke et de le calmer alors qu'il hurle pendant la prochaine heure entière.

— Qu'est-ce qu'il a ? demande Ashton en jetant un coup d'œil par-dessus son épaule.

Il se déplace sur le siège avant alors qu'il essaye de comprendre pourquoi Zeke est hystérique.

J'offre à Zeke un jouet, un goûter, mais rien n'apaise ses cris.

Il réagit comme je me sens à l'intérieur.

Je passe mes doigts dans ses cheveux délicats.

— Je sais, Zeke, je ne veux pas y retourner non plus, dis-je dans un murmure. Ça va aller. Toi et moi, on va s'en sortir.

Je jette un coup d'œil vers l'avant de la voiture, et Luca agrippe le volant jusqu'à en avoir les jointures blanches. Il se crispe, tendu, en me regardant dans le rétroviseur.

Mais il ne dit rien.

Que pourrait-il dire ?

Il m'a clairement fait comprendre qu'il est en colère contre moi pour être partie avec Zeke. Aucune excuse ne pourra réparer ce qui a été fait.

De toute façon, je ne suis pas désolée.

J'essayais d'aider Luca.

Je regrette seulement que mon plan soit tombé à l'eau.

Deux heures après le début du trajet, Zeke s'endort enfin. Il a toujours une légère fièvre, mais le médicament semble faire effet.

Luca garde la musique à volume bas, veillant à

ne pas réveiller Zeke alors que nous continuons de rouler pendant quelques heures supplémentaires avant qu'il ne s'arrête pour faire le plein.

Il coupe le moteur, et Zeke s'agite mais ne se réveille pas complètement.

Ashton sort de la voiture et se dirige vers la station-service, tandis que Luca fait le plein.

Quand Luca a terminé, il ouvre la portière avant et prend son téléphone. Depuis la banquette arrière, je peux voir qu'il envoie des messages à quelqu'un, mais je n'arrive pas à distinguer ce qui est écrit.

Je préfère ne pas demander. Je ne suis pas sûre que j'apprécierai la réponse qu'il me donnera.

Nous sommes à une heure environ de Breckenridge, à deux heures du campus. Je n'ose pas demander si Luca nous ramène chez nous ou chez ses parents.

J'ai trop peur de parler, de réveiller Zeke et de briser le charme de son sommeil.

Alors que nous quittons la route principale, je réalise que nous retournons chez les parents de Luca.

Merde.

La nausée me submerge, et alors que nous nous arrêtons brusquement devant la maison des Ricci, Zeke s'agite.

Luca coupe le moteur, et je m'affaire à détacher un Zeke grognon qui lutte contre le sommeil.

Quand Luca sort de la voiture, une rafale d'air froid nous assaille, ce qui intensifie davantage les pleurs de Zeke.

— Je sais.

Je m'efforce de lui remettre son manteau depuis la banquette arrière et je le ferme pour le tenir au chaud.

Luca ouvre brusquement la portière arrière du côté de Zeke, et mon petit monstre me trahit et se débat pour rejoindre Luca.

— Dada, sanglote Zeke tandis que Luca soulève mon fils dans ses bras et que Zeke enfouit son visage morveux dans la veste de Luca.

Il porte Zeke jusqu'à la porte d'entrée. J'essaie d'ouvrir la portière, mais mon côté est verrouillé avec la sécurité enfant.

Ashton m'ouvre la portière pour me laisser sortir.

De toute évidence, ils ne voulaient pas que j'essaie de m'échapper. Je boutonne mon manteau et attrape mon sac à dos, puis je me précipite derrière Luca et Zeke.

Luca entre, et je le suis immédiatement, aidant à

retirer le manteau de Zeke pendant qu'il se tortille dans les bras de Luca.

— Dada. Dada, répète Zeke pendant que j'enlève ses chaussures avant de retirer les miennes.

Les pas de Dante claquent sur le sol en marbre.

— Regardez qui a décidé de revenir, dit-il en me fusillant du regard. Luca, Harper, venez avec moi, *maintenant*, fulmine Dante en tournant brusquement les talons pour se diriger vers la bibliothèque.

Luca ne relâche pas sa prise sur Zeke, qui est agité et geignard alors qu'il essaye de descendre, déterminé à traverser la maison en courant.

Mais au moins, il n'y a pas de larmes.

Du moins, pas de lui.

Je lutte contre l'angoisse tandis que je suis Luca, qui me devance de plusieurs pas.

Il m'a pratiquement laissée derrière.

Nous ne formons plus un front uni. Plus question de prétendre que nous sommes amoureux ou en couple.

Luca Ricci me déteste.

La mère de Luca, Nikki, est assise dans l'un des fauteuils. Quand elle nous voit, elle se lève et se précipite vers Luca pour prendre Zeke dans ses bras.

C'est la première fois qu'elle propose de porter

mon fils, et je ne peux m'empêcher de sentir mon estomac se nouer tandis que je m'approche, voulant le reprendre dans mes bras.

Je ne fais confiance ni à Nikki ni à Dante.

Je ne fais confiance à aucun d'entre eux avec mon petit garçon.

Nikki semble toutefois avoir un don, elle le fait rebondir sur sa hanche en lui souriant et en lui faisant des grimaces, ce qui calme Zeke.

Elle se penche et embrasse ses joues et son front, les sourcils froncés.

— Il est brûlant.

J'avoue :

— Il fait de la fièvre par intermittence depuis ce matin.

— J'appelle le médecin, dit Nikki en emportant Zeke hors de la bibliothèque.

— Je lui ai donné du Tylenol pour bébé, dis-je pour la rassurer.

Je suis peut-être une horrible petite amie, mais je ne suis pas une mauvaise mère.

J'ai envie de courir après Nikki. Je n'aime pas qu'elle ait emmené Zeke hors de la pièce, mais Luca me saisit le bras, sa prise ferme et chaude m'empêchant de me précipiter après Nikki.

— Zeke ira bien, me dit Luca pour me rassurer.

Je soupire profondément et essaie de prendre un moment pour respirer tandis que je regarde par la porte ouverte où Nikki vient de disparaître, et Ashton entre dans la bibliothèque pour se joindre à nous.

Dante s'avance vers moi, son regard glacial envoyant des frissons directement dans mon cœur.

— Tu m'as déçu, Harper. Je n'aime pas être déçu.

C'est un avertissement.

J'acquiesce faiblement en le fixant, et je réalise qu'il n'y a pas moyen de fuir cet homme, pas aujourd'hui.

J'ai essayé, et j'ai lamentablement échoué.

— Je suis désolée, ça ne se reproduira plus.

— J'ose l'espérer, dit Dante avec un souffle. Vous vous marierez ce soir.

Je me tourne vers Luca, les yeux écarquillés, attendant de voir s'il va s'opposer et dire à son père qu'il ne souhaite pas m'épouser.

Il a parfaitement fait comprendre qu'il me déteste. Ma voix se brise lorsque je demande :

— Le mariage a toujours lieu ?

— Tu ne pensais pas pouvoir fuir notre famille, ma chère, n'est-ce pas ? demande Dante avec l'esquisse d'un sourire malveillant. Tu as de la chance que ce soient Luca et Ashton qui t'aient retrouvée et non l'un de mes hommes.

Je m'empresse de m'excuser :

— Je suis désolée.

Peut-être puis-je trouver un autre moyen de sortir de ce désastre.

Le regard de Dante se durcit.

— Les excuses n'atténuent pas l'humiliation. Tu as tenté de ridiculiser ma famille.

La main de Luca lâche mon bras.

La froideur dans l'air me donne la chair de poule.

— Ce n'était jamais mon intention, dis-je.

Dois-je essayer d'expliquer que j'essayais d'aider Luca ? Je doute que Dante se soucie de mes intentions, et Luca n'était certainement pas content de moi quand il a lu ma lettre.

— Je suis désolée, dis-je, espérant que peut-être une autre excuse aidera à atténuer les dégâts que j'ai causés.

— Je me fiche de tes excuses. Elles sont sans valeur, me réprimande Dante. Tu vas l'épouser, maintenant.

— Maintenant ?

La voix de Luca le trahit alors qu'il me fusille du regard. Il blêmit.

— Nous avons informé tous nos invités que Harper était malade d'une intoxication alimentaire. Tu épouseras Ashton ce soir, dit Dante.

Ashton ?

— Non !

Je secoue la tête et me retourne vers Ashton pour l'implorer d'arrêter cette folie.

Il ne souhaite certainement pas m'épouser.

Et je ne veux pas être liée à lui.

Il tient à Nova.

Je tiens à Luca.

C'est un mariage digne de l'enfer, Ashton et moi. Ça ne peut pas arriver. Je ne le permettrai pas. Je préférerais mourir plutôt qu'épouser Ashton Rinaldi.

Luca me déteste, mais si j'épouse Ashton, tout le monde me détestera.

Nova ne me pardonnera jamais.

Luca me méprisera pour avoir épousé son meilleur ami.

Et Ashton le regrettera pour le reste de sa vie.

— Vous ne pouvez pas faire ça, monsieur, dis-je, le suppliant. L'accord était que je devais épouser Luca.

Les yeux de Dante vacillent un instant.

— C'était l'accord, mais tu as trahi la famille. Ne penses-tu pas qu'une punition s'impose ?

— Vous allez punir Ashton parce que je me suis enfuie ?

Je savais que Dante voulait que j'épouse Ashton. Il était allé voir Ashton, le lui avait ordonné, comme si j'étais juste une autre mission, mais nous avions convenu que c'était insensé et stupide.

Ashton s'approche, sa peau luisante et pâle. Il semble déconcerté par la récente nouvelle de notre mariage imminent.

Il s'avère qu'Ashton ne m'avait pas menti quand il avait accepté que le choix soit le mien.

Mais Dante a d'autres idées, et étant le chef de la mafia, ce qu'il dit fait loi.

Je tends la main vers Ashton pour prendre ses mains et je plonge mon regard dans le sien.

— Je réclame cette faveur que tu me dois.

TROIS

ASHTON

COMMENT DIABLE VAIS-JE me sortir de ce mariage avec Harper ?

Je n'ai jamais désobéi à un ordre direct, ni de mon père et certainement pas de Dante. Ce mec me fout vraiment la trouille.

Dire qu'il est intimidant est un euphémisme.

— Monsieur, vous ne pouvez pas penser que mon mariage avec Harper serait une bonne idée. Luca et Harper vont se languir l'un de l'autre, et ça me mettrait dans une situation précaire.

Luca souffle entre ses dents, et je lui lance un regard noir.

J'élabore, comme si cela allait changer quelque

chose :

— Ils couchent ensemble. Pour ce qu'on en sait, elle pourrait déjà être enceinte de son enfant.

Dante fusille Harper du regard et l'examine.

— Est-ce que tu portes son enfant ?

Elle semble consternée par cette suggestion.

— Je ne pense pas—

— Mais elle ne peut pas en être certaine, dis-je en lançant un regard appuyé à Harper.

J'essaie de lui donner une porte de sortie. Je fais tout ce qui est en mon pouvoir pour éviter que nous soyons forcés de nous marier.

— Je pourrais être enceinte, dit Harper en posant une main sur son ventre. Je veux dire, poursuit-elle en regardant Luca, la dernière fois que nous—

— Nous avons fait attention, gronde Luca en s'approchant de Harper. Elle n'épousera pas Ashton. Il ne touchera pas à un seul cheveu de *ma femme.*

Harper retient son souffle, et je cache le sourire qui se forme sur mon visage en faisant un pas en arrière pour essayer de laisser ces deux-là régler ce petit problème sans m'impliquer.

— Ta femme, répète Dante en se frottant la mâchoire. Tu veux toujours épouser Harper ? Après tout ce qu'elle a fait pour te blesser ?

— J'ai parfaitement l'intention de la prendre

pour épouse, gronde Luca en saisissant la main de Harper un peu brusquement.

Il la tire vers lui, et j'ai déjà vu ces deux-là jouer les amoureux, mais là, c'est autre chose.

Possessif.

Ardent.

Luca est animé par une rage silencieuse destinée à être destructrice.

Dante reste silencieux, il saisit le moment pour décider de la marche à suivre.

— Luca, tu épouseras Harper immédiatement. Ashton, tu seras témoin, et je me chargerai d'être l'officiant.

QUATRE

LUCA

UNE FOIS que Nikki revient avec Zeke, elle se tient contre le mur et le garde silencieux et calme.

Il y a une paire d'alliances sur l'étagère à notre disposition, et je glisse un anneau d'or au doigt de Harper tout en prononçant les vœux requis.

J'arrive à peine à la regarder.

Ses yeux sont posés sur moi, mais je regarde partout sauf son visage.

La douleur me déchire, me brûle. C'est mal, mais je ne pourrais jamais la laisser épouser Ashton.

Une fois l'alliance en place, je retire ma main, refusant de la toucher une seconde de plus que nécessaire.

Elle passe son poids d'un pied à l'autre.

Harper n'est clairement pas heureuse.

Rien de tout cela ne me rend heureux non plus.

Je porte encore un jean et un pull.

Harper n'est même pas dans sa robe de mariée. Le moment semble nous être volé, mais en même temps, je ne devrais pas m'en soucier.

Je m'en fiche.

Dante récite les vœux que Harper doit prononcer tandis qu'elle prend ma main et glisse l'anneau à mon doigt.

Sa main est chaude, alors que mes doigts sont glacés.

Je voudrais me dégager, mais elle prend son temps pour faire glisser l'anneau sur mon doigt, au-delà de ma jointure, et elle tient ma main pendant qu'elle prononce les mots requis.

Le poids de l'alliance est lourd, et je fixe l'erreur qui me dévisagera pour toujours.

Ce n'est pas une célébration de l'amour.

C'est une cérémonie destinée uniquement à nous unir par le mariage, un contrat juridiquement contraignant.

Rien de plus.

Et en quelques minutes, nous sommes mariés.

— Tu peux maintenant embrasser la mariée, dit Dante.

Avec un regard furieux, je lève les yeux vers mon père.

— C'est une obligation pour être mariés ?

Je n'ai aucune envie d'embrasser Harper, ni même de la toucher.

Désormais, elle peut dormir dans la chambre de Zeke.

Dante regarde ma mère.

— Je ne crois pas, dit-il.

— Très bien.

Je lâche les mains de Harper, les alliances nous brûlent la peau tandis que je sors en trombe de la bibliothèque, ayant besoin d'air et d'espace.

Je me dirige vers le jardin, la brise froide bienvenue après la chaleur étouffante de l'intérieur.

— Comment tu tiens le coup ? demande Ashton en sortant derrière moi.

Il me tend ma veste.

Je prends mon manteau, l'enfile, et marche jusqu'au bord de la terrasse qui surplombe le jardin. C'est calme dehors, mais il fait froid. Je peux voir mon souffle.

Je fixe l'anneau d'or et je le fais tourner avec mon

pouce. Le mouvement est subtil, l'alliance parfaitement ajustée.

Ce n'est qu'un objet.

Il ne doit rien signifier.

— Si bien que ça, hein ? raille Ashton en venant se tenir à côté de moi.

— Ouais, et ce n'est pas grâce à toi.

Je détourne mon attention de l'alliance vers Ashton.

— Tu allais vraiment l'épouser ?

— J'espérais ne pas avoir à le faire, avoue Ashton en se frottant la nuque. Je n'ai pas de sentiments pour elle, si c'est ce qui t'inquiète.

— Tu en avais avant.

Je fulmine en me rappelant quand nous avions tous les deux le béguin pour la même fille.

Ce n'était pas il y a si longtemps, ce qui me rend sceptique quant à la disparition réelle de ses sentiments.

Mais Harper est mienne maintenant.

Ashton est assez intelligent pour respecter le code de la mafia. On ne touche pas à la femme d'un frère.

La jalousie s'installe, et je ne suis même pas sûr de comprendre pourquoi ça m'importe, car Harper a tout fait pour me détruire.

— C'était il y a longtemps. J'ai jeté mon dévolu sur une autre fille à Evergreen, dit Ashton.

Cela attire mon attention.

— Quelqu'un que je connais ?

Ashton force un sourire crispé.

— Elle est beaucoup trop bien pour toi.

Il me tape dans le dos.

— Et tu es marié, donc elle t'est interdite.

Je lève les yeux au ciel.

— C'est parce que je t'ai cassé les pieds tout le semestre dernier pour que tu restes loin de ma petite sœur ?

Le visage d'Ashton se fige, et il s'éclaircit la gorge.

— Je dis simplement, ne t'inquiète pas de ma vie amoureuse quand la tienne est en feu.

— Elle semble plus glaciale qu'ardente. Je ne la mettrai plus jamais dans mon lit, dis-je en grommelant.

Mon meilleur ami ricane et me regarde avec incrédulité.

— Déteste-la autant que tu veux ; le meilleur sexe vient après ça. Je vous ai entendus vous envoyer en l'air.

— Je ne vais pas la baiser.

Ashton lève les bras au ciel.

— D'accord. Mais si tu ne la satisfais pas, un autre finira par le faire.

Je fusille Ashton du regard et le pousse violemment.

— Ma femme ne me trompera pas.

— Pas au début, dit Ashton, mais allez. Si vous êtes censés être mariés pour toujours, tu me dis que tu ne vas jamais tremper ton biscuit dans le pot de miel de quelqu'un d'autre ?

Je ne peux pas écouter Ashton.

Je retourne furieusement dans la maison et me retrouve face à face avec Harper.

Elle berce Zeke contre sa poitrine, lui frottant le dos avec des gestes apaisants tandis qu'il s'agite contre elle.

Je reconnais le vieil homme qui parle avec Maman, puis il s'approche et examine Zeke dans le couloir.

C'est un pédiatre, il était mon médecin et celui de Nova quand nous étions petits. Je suis un peu surpris qu'il exerce encore la médecine, mais il a peut-être été tiré de sa retraite à la demande de Dante.

Je m'avance vers le mur et m'y appuie pour me soutenir tandis que j'observe l'échange.

Quelque chose ne va pas avec Zeke ?

Il utilise son stéthoscope pour écouter le cœur et les poumons de Zeke. Puis il vérifie ses oreilles, son nez et sa gorge avec sa lampe spéciale.

— Je vais faire un prélèvement, dit-il avant de prendre son sac et d'en sortir un long coton-tige.

Il fait ouvrir la bouche à Zeke, prend un échantillon, puis donne une sucette au petit.

Zeke était incroyablement grognon pendant le trajet du retour jusqu'à ce qu'il s'endorme. J'ai simplement pensé qu'il détestait être attaché dans son siège auto et qu'il protestait.

Le médecin dit quelque chose, note quelques observations et examine la bandelette de test avec le prélèvement. Je ne peux pas bien l'entendre. Quelques minutes passent, puis il griffonne une ordonnance.

Le pédiatre retourne vers Nikki, échange quelques politesses avant qu'elle ne le raccompagne à la porte.

Je le regarde sucer sa sucette, ses yeux encore rouges d'avoir pleuré et ses joues marquées de larmes, et je demande :

— Tout va bien avec Zeke ?

— Il semble qu'il ait une angine streptococcique, dit Harper. Le médecin vient de nous donner une ordonnance pour des antibiotiques.

Je lui prends l'ordonnance des mains.

— Je vais sortir chercher ses médicaments.

Je me dirige déjà vers la porte d'entrée.

— Luca, tu n'as pas besoin de—

Je suis parti avant qu'elle ne puisse finir sa phrase.

J'ai besoin de sortir, de mettre de la distance entre nous. Mais quand j'arrive à la pharmacie, je réalise que je ne connais aucune information pour faire exécuter l'ordonnance.

Quelle assurance Harper a-t-elle pour Zeke ?

Quelle est sa date de naissance ?

A-t-il des allergies ?

Je pourrais l'appeler, mais mon père a toujours son téléphone. Il a envoyé un de ses hommes le récupérer dans le bus où elle l'avait laissé.

Je finis par appeler Ashton, sachant qu'il est toujours à la maison. Il ne partira pas sans moi, puisque je suis son chauffeur pour retourner au campus.

— Où est-ce que tu t'es enfui ? demande Ashton.

— Tu peux passer le téléphone à Harper ?

— C'est ton souhait de mort, plaisante Ashton, et j'entends le téléphone changer de mains.

Zeke fait du bruit à côté du téléphone, rendant Harper difficile à entendre.

— J'ai besoin de quelques informations pour l'ordonnance, dis-je.

Elle me guide à travers les détails pendant que je remplis le formulaire au comptoir de la pharmacie. Ça prend plus de temps que prévu, et bien que je sache que Dante dispose d'une réserve de médicaments en cas d'urgence, je ne suis pas sûr que le mal de gorge de Zeke entre dans cette catégorie.

Sans compter que l'ordonnance est pour une solution orale, pas un comprimé.

Il est peu probable qu'il ait le bon dosage et le médicament adapté pour Zeke.

Elle prend une photo de la carte d'assurance et me l'envoie. La dame au comptoir est peu enthousiaste, mais quand j'explique que nous sommes de jeunes mariés et que notre fils est malade, elle semble un peu moins insensible.

Vingt minutes plus tard, je pars avec l'ordonnance, et j'achète une boîte de glaces à l'eau aux fruits pour Zeke. Elles risquent de fondre sur le chemin du retour, mais au moins elles engourdiront sa gorge et peut-être qu'il se calmera pour qu'on puisse retourner sur le campus ce soir.

Quand je reviens à la maison, je remets le sac de médicaments à Harper ainsi que les glaces à l'eau.

— Pour Zeke, dis-je.

Elle ouvre le sac de médicaments et administre le liquide orange à Zeke. Il le prend volontiers sans trop rechigner.

— Tu veux une glace à l'eau, mon grand ?

Je lui montre la boîte avec plein de couleurs et de saveurs. Je le laisse pointer la couleur qu'il veut sur la boîte, qui s'avère être la plus difficile à trouver, la bleue.

J'arrache l'emballage plastique, et il tend la main pour la prendre, mais Harper aussi et elle attrape le bâtonnet.

J'ai l'impression qu'elle va finir par en manger la plus grande partie.

— Tu es prête à rentrer à la maison ?

— Oui, j'aimerais le mettre au lit, répond Harper.

— Laisse-moi trouver Ashton. Retrouve-moi à la porte d'entrée dans cinq minutes.

Je me promène dans la maison et je trouve Ashton dans la bibliothèque assis avec Dante.

— On rentre, dis-je en interrompant leur discussion.

Dante soupire.

— Comment va Zeke ?

— Il ira bien.

Du moins je l'espère.

— Mais on devrait le mettre au lit.

— Ce week-end, amène Harper avec toi. Nous aurons besoin de photos de mariage. Je dois aussi te faire signer ce document, dit Dante en désignant la table.

C'est le certificat de mariage.

Harper l'a déjà signé.

Ashton l'a signé comme témoin, tout comme ma mère. Dante l'a signé en tant qu'officiant.

Il s'avère que je suis le dernier à signer.

Mon père me pousse un stylo noir.

— Comme je l'ai dit à ton épouse, vous ne partez pas tant que le document n'est pas signé.

Je griffonne ma signature et laisse tomber le stylo sur le certificat de mariage.

— Content ?

Je lui lance un regard noir.

— Pas particulièrement, répond Dante.

Il fouille dans sa poche et en sort un téléphone portable.

— Le téléphone de ton épouse qu'elle a laissé dans le bus.

Je me mords la langue et le prends de ses mains pour le glisser dans ma poche.

— Tu peux être tranquille ; il n'y a rien de compromettant dans son téléphone.

Adieu la vie privée.

— Je n'étais pas inquiet, dis-je avant de quitter la bibliothèque en trombe.

Ashton me suit quelques secondes plus tard.

— On rentre, dis-je en me dirigeant vers l'entrée.

J'enfile mes baskets et mon manteau.

Harper aide Zeke à s'habiller avant de sortir.

Je prends ses petites chaussures et parviens à les lui mettre aux pieds. Ce n'est pas une tâche facile avec un bambin qui gigote et fait goutter partout du bâtonnet glacé bleu dans l'entrée.

Dante sera ravi, mais il a du personnel qui nettoiera pour lui.

Je ne me souviens pas avoir déjà vu Dante nettoyer quoi que ce soit lui-même.

Maman vient nous dire au revoir et apporte la boîte de bâtonnets glacés que j'ai laissée sur le comptoir.

— Il ne faut pas oublier ça pour Zeke, dit-elle, comme si je n'allais pas revenir vendredi soir.

Je l'ai vue plus ces derniers mois que pendant toute ma première année d'université.

— Merci, Maman. Est-ce que Nova est déjà retournée sur le campus ?

Je ne l'ai pas vue ce soir, mais peut-être qu'elle est enfermée dans sa chambre pour étudier.

— Moreno a ramené Kensley et Nova cet après-midi.

— À vendredi, dis-je en lui faisant un rapide câlin d'adieu.

Même si je n'ai pas hâte de revenir, je tiens parole.

Je dois aider Dante avec les affaires. Je ne sais pas ce que je redoute le plus : prendre davantage de responsabilités dans la mafia ou faire des photos de mariage avec Harper ce week-end.

Zeke s'endort dans la voiture, et je suis reconnaissant pour ces moments de calme pendant le trajet de retour vers le campus.

Harper est assise à l'arrière avec Zeke ; Ashton est devant avec moi.

J'ai mis la radio à faible volume pour ne pas réveiller Zeke. Ashton me jette un coup d'œil mais ne dit rien. Il fait probablement attention à ses mots, vu que Harper est sur la banquette arrière.

C'était tendu aujourd'hui.

Demain ne sera probablement pas mieux.

Il monte légèrement le volume de la radio pour couvrir sa question quand il me murmure :

— Tu crois qu'elle va encore essayer de s'enfuir ?

Je regarde dans le rétroviseur. Elle fixe son petit

garçon endormi et ne semble pas nous prêter attention.

Honnêtement, j'espère qu'elle ne me quittera pas.

Ça me tuerait.

Mais je ne peux pas être absolument certain qu'elle ne prendra pas peur et ne s'enfuira pas. Elle est déjà partie une fois.

— On peut ne pas en parler ?

Je jette un coup d'œil à Ashton puis me repositionne dans mon siège en soupirant.

— Longue journée, dit Harper.

Je ne sais pas si c'est mon langage corporel, le lourd soupir ou la question d'Ashton qui l'a fait réagir.

M'a-t-elle entendu ?

Quand nous arrivons à la maison, Nova sort en trombe de sa chambre, suivie de Liam.

— Tu as retrouvé Harper ? lance Nova avant d'écarquiller les yeux en voyant Harper qui tient Zeke endormi dans ses bras.

— Désolée, articule-t-elle silencieusement.

Liam sourit narquoisement, les bras croisés sur la poitrine, adossé au chambranle de la porte, manifestement amusé par tout ça.

Super.

Content de le divertir.

Un autre spectateur de notre mariage forcé qui va vouloir des détails.

Liam ne connaît pas vraiment tous les détails qui ont mené aux fiançailles, juste que le mariage est devenu une nécessité sur l'insistance de mon père.

C'est tout ce que Liam avait besoin de savoir pour comprendre pourquoi je me mariais.

Son père est aussi dans la mafia ; tous ceux qui vivent sous notre toit sont soit des enfants de la mafia, soit mariés à la famille.

C'est pourquoi nous vivons tous ensemble, et je soupçonne que c'est comme ça que nous nous sommes tous retrouvés inscrits à Evergreen avec des bourses complètes. Il n'y a pas de coïncidences.

CINQ

HARPER

APRÈS VINGT-QUATRE HEURES, la fièvre de Zeke tombe, ce qui est un soulagement car je ne peux pas l'envoyer à la garderie s'il est contagieux.

J'ai dormi dans la chambre de Zeke, sur le matelas simple calé contre le mur.

Zeke semble ravi de la compagnie, il grimpe dans mon lit chaque matin et même au milieu de la nuit quand il se réveille.

Ce qui signifie moins de sommeil pour moi.

Le gamin dort en travers et accapare non seulement toutes les couvertures, mais aussi le lit entier.

Je l'ai remis dans son lit à plusieurs reprises,

mais il prend l'habitude de grimper dans le mien, ce qui m'inquiète parce que je ne veux pas que ça devienne une mauvaise habitude quand il sera un peu plus grand.

Luca me parle à peine, à l'exception d'un hochement de tête occasionnel ou d'un bonjour quand nous nous croisons. Il part tôt à l'entraînement avec Ashton et Liam, j'étudie avant que Zeke ne se réveille, et je dois l'emmener à la garderie.

J'ai une journée complète de cours aujourd'hui : communication, astronomie et statistiques. En tant qu'étudiante en publicité, ce sont tous des cours obligatoires, mais le cours de communication est de loin le plus facile pour moi.

Je retrouve Kensley pour déjeuner. C'est la première fois que nous nous voyons depuis mon départ de la ville.

— J'ai entendu dire que tu étais revenue, dit Kensley alors que je porte mon plateau jusqu'à la table.

Elle a des ecchymoses autour des poignets, et quand elle remarque que je les fixe, elle couvre les marques foncées avec ses manches.

— Ce n'est rien.

— Ce n'est pas rien.

Ma voix devient plus basse.

— Est-ce qu'ils t'ont fait mal ?

Nova et Ashton entrent dans le réfectoire et se dirigent vers la file pour prendre une pizza. Nous n'avons pas beaucoup de temps pour parler en privé.

Kensley secoue la tête.

— Pas physiquement. Je veux dire que les contraintes ont laissé quelques marques, mais ce n'est rien que je ne puisse gérer. Nous ne devrions pas parler de ça ici.

— J'ai toujours ta carte de crédit.

Je fouille dans mon sac à dos et la récupère, puis je la fais glisser de l'autre côté de la table vers elle.

— Je te rembourserai tout—

— Je sais. Ne t'inquiète pas pour ça maintenant.

Kensley saisit ma main posée sur la table, celle où je porte une alliance.

— Tu l'as vraiment fait, halète-t-elle alors que la preuve lui fait face.

— Je n'avais pas vraiment le choix.

Je m'abstiens de mentionner comment le père de Luca a insisté pour que j'épouse Ashton au lieu de Luca. Cette partie semble à peine importante maintenant que je suis mariée à Luca.

— Merde, marmonne-t-elle entre deux bouchées.

J'ai commandé une salade pour le déjeuner, n'ayant pas très faim, et je la picore. J'ai surtout mangé autour ; les carottes et concombres en dés ont davantage attiré mon attention.

— Comment vas-tu ? demande-t-elle en m'observant.

— Bien. Luca ne me parle pas ; enfin, la plupart du temps il m'ignore.

— On dirait un mariage sain.

Je ricane à sa plaisanterie et attrape mon eau pour en prendre une gorgée.

— Nous dormons dans des chambres séparées. Mais je comprends. Il est furieux.

— Il finira par se calmer, dit Kensley. Je veux dire, vous êtes mariés. Il ne peut pas passer toute sa vie à t'éviter.

Je grommelle à voix basse en poignardant ma salade :

— Je n'en suis pas si sûre.

— Salut ! dit Nova en prenant place à notre table. J'ai entendu la grande nouvelle. Montre-moi le caillou.

Elle tend sa main et attend que j'y dépose la mienne.

Je lève ma main gauche, qui porte une simple alliance en or.

— Pas de caillou. Juste des alliances, dis-je.

— Je n'arrive pas à croire que j'ai raté le mariage ! Je vais tuer Papa pour nous avoir fait quitter la maison plus tôt.

Kensley bouge inconfortablement et pousse le reste de son sandwich sur le côté, intact. Elle semble avoir perdu l'appétit, ce que je ne lui reproche pas. Je ne sais pas exactement ce qu'elle a traversé, mais ça ne pouvait pas être bon.

Est-ce que Nova a la moindre idée de ce qui s'est passé avec Kensley ?

— Je vais y aller. J'ai cours et je devrais arriver tôt ; c'est à l'autre bout du campus, dit Kensley en s'excusant avant d'attraper son sac à dos puis ses déchets pour les jeter.

Je l'interpelle :

— On se voit plus tard ?

Mais elle évite mon regard.

— Ouais, peut-être. Je sais où tu habites. Si j'ai le temps, je passerai.

Kensley quitte le réfectoire comme s'il était en feu.

— C'était étrange, marmonne Ashton avant de regarder Nova. Comment est la pizza ?

— Plutôt décente pour du carton.

Nova jette un coup d'œil par-dessus son épaule dans la direction où Kensley a disparu.

— Est-ce que tout va bien avec elle ?

Je secoue la tête.

— Je ne sais pas. Elle avait des marques sur ses poignets...

Ashton s'éclaircit la gorge.

— Moreno l'a escortée au sous-sol quand nous avons réalisé qu'elle t'avait aidée à t'enfuir.

Je pousse la salade de côté.

Le peu d'appétit que j'avais disparaît.

— Moreno l'a torturée.

Je lève les yeux vers Nova.

— Papa ne ferait pas ça. Il a insisté pour que nous retournions sur le campus afin de protéger Kensley. C'est pour ça qu'il nous a ramenés lui-même. Il a empêché Matteo de l'interroger.

Je répète :

— Tu as vu les marques sur ses poignets ?

— Non, dit Nova. Papa ne ferait pas de mal à l'une de tes amies. Je veux dire, je suis sûre qu'il l'a assise pour l'interroger et savoir tout ce qu'elle savait, mais il ne lui ferait pas *mal*.

— Je n'en suis pas si sûre, dis-je en attrapant mon eau pour prendre une autre gorgée.

— Je connais mon père, dit Nova. Il suit les ordres, mais il ne ferait pas de mal à Kensley. Il ne ferait pas de mal à une fille. Ça ne correspond pas à son code.

Je me mords la langue. Bien sûr, ils ne feraient pas de mal à une fille, mais ils n'hésiteraient pas à kidnapper un petit garçon.

Nova est soit naïve soit dans le déni. Quoi qu'il en soit, poursuivre cette discussion semble inutile.

— Si tu es contrariée par ce qui s'est passé dans le sous-sol, peut-être que tu devrais demander à Luca, dit Ashton.

Il termine sa part de pizza et s'essuie les mains avec une serviette alors que son regard sombre me transperce.

— Qu'est-ce que tu veux dire ?

— C'est Luca qui a mené l'interrogatoire. C'est lui qui a interrogé Kensley.

L'air quitte mes poumons, et je ne peux plus respirer.

— Où est-ce que je peux trouver Luca ?

— Nous avons tous les deux philosophie après le déjeuner. Tu peux marcher avec moi. Je le retrouve habituellement en chemin.

Après le déjeuner et avant mon prochain cours, je tends une embuscade à Luca sur son chemin vers le cours de philosophie. Il s'avère que son cours et mon cours de statistiques sont dans la même direction.

Ashton comprend l'allusion et reste quelques pas en arrière, me laissant rattraper Luca et nous permettant un semblant d'intimité.

— Tu as l'air d'avoir, dit Luca en me regardant.

— Je bouillonne, dis-je en marchant à son rythme. Tu as interrogé Kensley ?

Luca s'éclaircit la gorge.

— C'est un terme un peu dur. Je l'ai questionnée.

— Elle a des marques sur les bras. Elle était attachée, dis-je en saisissant les bras de Luca pour l'empêcher d'avancer davantage.

J'ai besoin de réponses.

— Ce n'est pas moi qui l'ai mise sur cette chaise, c'est Moreno. J'ai juste posé les questions.

— Tu ne l'as pas non plus libérée, dis-je, devinant qu'il n'était pas là pour la sauver.

Luca hausse les épaules.

Je déteste avoir raison, qu'il ait jugé nécessaire de l'interroger à cause de moi.

— Est-ce que tu l'as blessée ?

Ma main reste fermement plantée sur son bras.

Il se dégage brusquement de mon contact.

— Non !

Luca souffle et recule d'un pas.

J'attends pour voir s'il va s'enfuir, mais il ne le fait pas. Il reste là, tout en évitant mon regard sévère. Son regard est fixé sur le sol, puis sur ses pieds.

— Elle savait des choses. Tu lui as parlé de *ma famille.*

J'inspire brusquement.

— Je n'avais pas le choix.

Son regard se lève pour rencontrer le mien. Il est rempli de fureur.

— On a toujours le choix.

— Bien sûr. Comme si j'avais pu te demander un ticket de bus et de l'argent pour me tirer d'ici.

Je lève les yeux au ciel, agacée qu'il pense que révéler ce secret a été facile pour moi. J'étais terrifiée pour Kensley, mais j'ai fait ce que je pensais être le mieux pour nous tous.

Il ne le voit toujours pas.

Au lieu de cela, il est alimenté par la rage et la haine envers moi.

— Je te l'ai dit, où que tu fuies, ma famille te retrouvera.

Il s'avère qu'il avait raison sur ce point. Luca et Ashton ont réussi à me retrouver.

— J'aurais dû payer en espèces...

Luca grogne et envahit mon espace personnel, sa main sur ma hanche.

— Tu aurais dû me dire ton plan. J'aurais pu t'aider à t'échapper.

— Mais tu viens de dire—

— Je sais, mais j'aurais pu les égarer.

Je m'éloigne de lui.

— Je ne te crois pas, dis-je. Tu n'arrêtais pas de me dire qu'il n'y avait pas d'autre choix. Où que je fuie, ils me retrouveront. Ta famille a des amis dans d'autres villes, états, probablement d'autres pays.

— Tout ça est vrai, dit Luca comme une évidence.

Je jette mes mains en l'air.

— Tu racontes n'importe quoi, Luca. Tu ne m'aurais jamais laissée partir !

— Tu as raison. En tant que ma femme, tu m'es liée et attachée, pour toujours.

Il y a un feu dans son regard noirci, et je recule.

Luca Ricci me déteste.

La plupart de mes cours ce semestre ne sont pas trop difficiles, sauf les statistiques. Je me noie dans les chiffres et les formules.

Après une discussion tendue avec Luca puis un cours de statistiques redouté, je suis assise dans le salon d'études de la maison, en train de réviser les devoirs du jour.

Tout ça n'a aucun sens.

Ça résume assez bien ma vie.

— Tu as l'air soit confuse soit vraiment constipée, dit Ashton en passant.

— Je déteste les statistiques.

— Oh, j'ai pris ce cours le semestre dernier. Super facile.

Je ricane.

— Pour toi, peut-être. Il y a des chances que tu aies pris des notes dans ce cours ?

Peut-être que je pourrais comprendre ses notes de l'année précédente et les utiliser pour comprendre ce que j'essaie d'accomplir, parce que là, je me noie, encore une fois.

Je pensais que l'économie était difficile, mais c'était une promenade tranquille comparé à ce cours.

— Je ne les ai pas gardées. Tiens, laisse-moi t'aider.

Il tire une chaise à côté de moi et jette un coup d'œil aux informations que j'ai notées.

— Ouais, c'est faux.

Il pointe le devoir et mes deux premières réponses.

— Ok.

J'expire lourdement et le regarde, frustrée.

— J'ai passé une heure là-dessus. Comment ça peut être faux ?

— C'est juste faux, dit Ashton.

Il feuillette mon manuel et essaie de m'expliquer comment l'exemple ne correspond pas à ce que je fais.

— Tu es juste complètement à côté, dit-il en faisant des gestes avec ses mains.

— Et tu sais ça parce que—

— Parce que j'ai eu un A en statistiques et ma mineure est en comptabilité judiciaire. Je connais les chiffres. Je peux faire ces calculs là, dit-il en pointant sa tête.

— Frimeur.

Ashton m'aide à effacer ma réponse, puis il me guide pour le faire correctement. Ce que je ne suis pas sûre de comprendre.

Il me l'explique à nouveau.

Dépassée, je recule ma chaise.

Ce n'est pas qu'il est un mauvais enseignant ; je ne comprends tout simplement pas.

Je jette un coup d'œil à l'horloge. Nous y sommes depuis plus d'une heure, et je dois bientôt aller chercher Zeke à la garderie puis préparer le dîner.

— C'est fini pour aujourd'hui, dit Ashton. J'ai déjà vu ce regard dans les yeux de Nova quand l'information ne pénètre pas et que tes yeux se vitrifient.

— Tu aides Nova à étudier ?

— Nous avons le cours de psychologie ensemble. C'est plus un mini groupe d'étude, juste nous deux, dit-il avec un sourire malicieux.

Je lève les yeux au ciel et lève une main. Je ne veux pas savoir si son idée d'étudier n'implique pas de livres et de devoirs scolaires.

— Je suis contente que les choses se passent bien pour vous deux. Quand est-ce que tu vas le dire à Luca ?

Je déteste lui cacher ça.

Cela ne fait que quelques jours, mais il est toujours en colère contre moi pour m'être enfuie et l'avoir laissé seul le jour de notre mariage.

Apparemment, mes intentions n'ont aucune importance, seul compte ce que j'ai fait, ce qui était d'humilier la famille.

Il est sec avec moi et il disparaît dès que j'essaie de lui parler de quoi que ce soit. Il n'est jamais là pour les repas, ce qui lui donne une excuse facile pour éviter de s'asseoir et discuter.

Et bien que je sache qu'il est occupé avec le

hockey, c'est aussi le cas d'Ashton et Liam, et je les vois plus souvent que mon propre mari.

Ce mot semble étrange lorsqu'il traverse mon esprit.

Mari.

Jusqu'à ce que la mort nous sépare.

Les seuls vœux qu'il ressent probablement comme vrais, parce que je sais que m'aimer n'en fait pas partie.

— Fais une pause, dit Ashton en me tirant de mes pensées.

— Oui, je dois aller chercher Zeke.

— Si tu as besoin d'aide avec lui, je suis là, propose Ashton.

— Merci. Tu es un bon ami, même si tu mens à ton meilleur ami.

Je le fusille du regard, souhaitant qu'il parle à Luca de sa relation avec Nova.

C'est égoïste de ma part, je le sais, mais si Luca se concentre sur Nova, peut-être qu'il ne sera plus aussi en colère contre moi ?

La porte d'entrée s'ouvre, et je ferme mon manuel. Je devrais vraiment tout ranger. J'ai terminé pour aujourd'hui, mes devoirs abandonnés. Je ne les ai pas finis, peut-être après le dîner, quand j'aurai plus de temps pour les fixer d'un regard vide parce que je suis nulle en statistiques.

Luca passe devant nous avec son sac à dos et fait demi-tour quand il nous voit, Ashton et moi, dans le salon d'étude.

Son regard se durcit lorsqu'il nous observe, comme si nous avions été pris en flagrant délit de quelque chose d'immoral.

— Qu'est-ce qui se passe ici ?

Ashton étire ses bras et pose une main sur mes épaules pour me tenir comme on tiendrait une petite amie.

Je jette un coup d'œil à Ashton, me demandant ce qu'il fabrique.

— Ashton a vu que j'avais des difficultés et m'a proposé son aide, dis-je.

Luca souffle et secoue la tête.

— Elle n'a pas besoin de ton aide, Ashton. Tu en as assez fait comme ça, reste loin de ma femme !

Ashton se lève et contourne la table pour faire face à Luca.

Il n'a pas peur de lui et ne recule pas.

— Pourquoi ? Tu es jaloux ?

Ashton penche la tête pour le jauger.

— De mon point de vue, ta femme avait besoin

d'un petit *tutorat* en tête-à-tête et j'étais prêt à *le lui donner*, contrairement à toi.

Le sous-entendu dégouline de ses mots, un sourire malicieux étalé sur ses lèvres.

Ashton provoque Luca et savoure chaque instant.

Ma bouche s'ouvre et je me demande pourquoi diable Ashton se comporte comme un crétin. Il sait que notre relation est fragile en ce moment. Essaie-t-il d'aggraver la situation ?

Luca laisse tomber son sac à dos et se jette sur Ashton, le plaquant au sol avant de commencer à donner des coups de poing à son meilleur ami.

Ashton bloque la majorité d'entre eux avec son bras, mais l'un d'eux s'écrase contre sa cage thoracique et il grimace.

— Arrêtez !

Je crie en me levant d'un bond. Je ne sais pas comment séparer deux garçons qui se battent, encore moins sans me faire frapper.

Ashton repousse Luca, et ils se remettent tous deux sur leurs pieds.

— Pourquoi est-ce que vous vous battez, bordel ?

Je fusille Luca du regard, exigeant de savoir ce qui lui prend.

— Pourquoi est-ce que *lui* te donne des cours ? Si tu as besoin d'aide, tu viens me voir !

Luca serre les dents et je m'empêche de lever les yeux au ciel.

— Tu es... jaloux ?

Je n'arrive pas à comprendre de quoi Luca pourrait être jaloux ; il ne veut même pas être près de moi.

— Il essaie juste de te provoquer. Il ne se passe rien de déplorable entre nous. Il m'aide simplement avec mes devoirs. Ashton a fait des statistiques l'année dernière.

— Moi aussi.

La lèvre supérieure de Luca tressaille avec un grognement.

— Si tu as besoin d'aide, je suis ton mari ; je t'aiderai.

Oh, il est définitivement jaloux. Ses muscles se contractent dans son bras, et sa mâchoire se crispe.

C'est plutôt sexy, pas que je le lui avouerais maintenant.

Il bouillonne et depuis le jour du mariage, il ne voulait rien avoir à faire avec moi.

Est-ce la façon d'Ashton d'essayer d'aider, en semant le trouble pour que Luca me remarque à nouveau ?

— Ok, dis-je en fourrant tout dans mon sac à dos. Tu peux m'aider ce soir avec mes devoirs de statistiques, Luca ?

— Très bien, grommelle-t-il. Après que Zeke sera couché.

Il faut un certain temps pour coucher Zeke. Il n'arrête pas de grimper dans mon lit dans sa chambre et réclame des câlins. Je m'allonge avec lui dans le lit d'adulte, l'aidant à s'installer et à fermer les yeux. Je lui frotte le dos, finalement soulagée quand sa respiration devient régulière et qu'il s'endort.

Je le porte soigneusement dans son lit d'enfant et le borde avant de quitter sa chambre, notre chambre.

Mes vêtements sont toujours dans la commode où Luca dort, mais mon lit est dans la chambre de Zeke depuis plusieurs nuits.

Je ne sais pas quand Luca voudra partager un lit avec moi, sexe mis à part, le simple fait d'être dans la même pièce que lui le crispe.

Et il pense qu'il va m'aider avec mes devoirs de statistiques ?

Je me dirige vers le salon d'étude et étale mes livres et mon devoir sur la table devant moi.

Tout me semble familier, seulement parce que

j'étais déjà ici plus tôt aujourd'hui, pas parce que je comprends quoi que ce soit aux statistiques.

Il s'avère que je ne sais pas non plus ce que je fais avec mon mariage.

Luca joue au hockey jeudi soir ; peut-être que si je me montre au match avec Kensley ou Nova, je pourrais remettre les choses entre nous sur la bonne voie.

Non pas que je m'attende à ce qu'il veuille une rediffusion de moi en train de le baiser vêtue d'un maillot des Narvals, mais juste qu'il me traite comme une amie au lieu de m'ignorer ou de me crier dessus serait un changement bienvenu.

Luca entre silencieusement dans le salon d'étude.

Ses cheveux sont mouillés, son pantalon de survêtement tombe bas sur sa taille tandis qu'il enfile un t-shirt, et je ne peux m'empêcher de le fixer.

— Tu baves, me dit-il.

Essaie-t-il de me provoquer pour obtenir une réaction ? Parce que ça fonctionne. Je ne veux pas ressentir cette attirance, mais c'est impossible à ignorer alors que je contemple ses muscles, son corps sculpté, cette ligne qui descend jusqu'à la ceinture de son survêtement.

— Connard, dis-je en marmonnant.

Il vient s'asseoir à côté de moi à la table, et j'essaie de ne pas m'imprégner de son parfum, bois de santal et ambre. C'est définitivement le shampooing qu'il utilise, mais putain, cet arôme éveille tous mes sens d'une façon qui ne devrait pas être permise.

Pas quand il me déteste.

Je me repositionne sur ma chaise, espérant qu'il ne remarque pas les premiers signes de mon excitation. Rien que de l'avoir à côté de moi, avec la chaleur qui émane de son corps, je me sens comme un animal en chaleur, prêt à bondir.

Du calme, ma fille.

Il ne veut pas de moi.

— Statistiques, dis-je, mais ma voix se brise, et il tourne la tête pour me regarder.

Je prends une respiration, essaie de retrouver mon sang-froid et force un sourire.

— Merci de m'aider pour mon devoir.

— C'est un peu prématuré, dit Luca. Je ne t'ai pas encore aidée.

Il prend silencieusement le devoir et le parcourt pour voir sur quoi nous travaillons.

Et tout comme l'année dernière, il est là, à tout m'expliquer, à me guider à travers ce que le professeur recherche et comment arriver à la bonne conclusion.

Il est brillant, intelligent, et terriblement sexy.

Je voudrais le détester, mais je n'y arrive pas.

Nous passons une heure ensemble, à vraiment étudier, ce qui consiste pour Luca à me donner des cours de statistiques et à m'aider à rattraper le cours d'aujourd'hui où j'ai eu l'impression de n'avoir rien appris.

Il s'étire et prend mon cahier. Mon estomac gronde tandis qu'il tourne les pages et secoue la tête.

— Tu as noté tout ça en cours, mais c'est faux.

— C'est ce que le prof a dit.

— Ouais, eh bien, c'est faux.

— Ok, Einstein, tu veux le corriger ?

Je lui tends mon crayon.

— Pas particulièrement.

Luca se lève et quitte le salon d'étude.

Je pousse un soupir et pose ma tête sur la table.

Je suppose qu'il en a fini avec moi.

Une minute plus tard, un bruit de froissement attire mon attention, et je relève la tête.

Luca revient avec un paquet de chips qu'il me met sous le nez.

— Ton estomac fait du bruit, et je ne peux pas me concentrer quand tu fais du bruit.

— Merci, dis-je en prenant le sachet à contrecœur.

Je mets quelques chips dans ma bouche et commence à croquer.

Le bruit de ma mastication agaçante ne semble pas le déranger. Il corrige consciencieusement mon cahier, nettoie mes gribouillages et mes commentaires pour qu'ils soient exacts. Il feuillette mon manuel et mon cahier, et donne du sens au chaos devant lui.

Est-ce que Luca est vraiment gentil avec moi ?

Je préfère ne pas poser la question, la gardant pour moi.

Je lui propose une chips, et il ouvre la bouche, me laissant en glisser une à l'intérieur pendant que ses mains continuent d'effacer puis de réécrire, avant de tourner la page de mon manuel puis de mon cahier pour recommencer tout le processus.

— Je pense qu'une fois que tu auras des notes correctes, tu pourras peut-être mieux comprendre ce que tu apprends, dit Luca.

— Je ne suis pas si mauvaise pour prendre des notes.

— Non, mais je crois que tu n'as pas bien saisi le

concept et puis tu as construit dessus, ce qui a juste rendu tout ça bordélique.

— L'histoire de ma vie, dis-je.

Luca tourne la tête et l'incline en me regardant.

— Ne fais pas ça.

Ne sachant pas ce que j'ai fait pour l'offenser, je demande :

— Ne fais pas quoi ?

— Transformer ça en une situation où tout serait de ta faute. Parce que ce n'est pas le cas.

Il se retourne vers mon cahier, tourne la page du manuel, puis efface mes notes avant de corriger ce que j'ai raté.

— Je suis pratiquement sûre que c'est moi la raison de ce pétrin, dis-je. Je suis descendue à la cave alors que je n'aurais pas dû—

Luca soupire profondément et m'interrompt.

— Ouais, eh bien, je n'aurais même pas dû te laisser venir chez mes parents ce soir-là. Nous sommes tous les deux responsables.

J'ai envie de tendre la main, de caresser son dos. Je peux voir le poids que ça représente, la lutte qu'il a endurée. Ce n'est pas seulement moi qui dois faire face à ce qui s'est passé. Nous sommes dans cette situation ensemble.

Bien qu'il soit difficile de ne pas me sentir

coupable d'en être la cause, je vois qu'il a des remords, et je ne veux pas qu'il regrette quoi que ce soit.

— Ce n'est pas ta faute, dis-je en tendant la main pour la poser sur son bras.

— Non, c'est de notre faute à tous les deux.

Il me fixe puis regarde ma main sur son bras. Son regard suffit à me brûler, et je retire vivement ma main pour la remettre sur mes genoux.

— Je parie que tu ne penses pas ça de ma fuite le jour de notre mariage.

La mâchoire de Luca se crispe. Ses épaules se tendent, et il fixe les pages de notes, sa voix rauque et brute.

— Crois-le ou non, j'avais le pressentiment que tu ne te montrerais pas.

— Je suis désolée.

J'ai envie de le toucher, mais je ne veux pas non plus qu'il me déteste.

J'essaie de lui donner de l'espace, pour le laisser se calmer et réaliser que nous sommes mariés. À moins qu'il ne prévoie d'emmener une autre fille dans son lit, et je ne pense pas qu'il ferait ça ; il finira bien par me désirer à nouveau.

Cette haine de lui-même et de moi ne peut pas durer éternellement.

— Ne t'excuse pas, grogne-t-il. Pas quand tu ne le penses pas.

Je serre les lèvres et décide de ne pas lui dire que je le pense vraiment. Que s'il avait lu la lettre, il saurait que je l'ai fait pour lui. J'essayais de le libérer, de le laisser vivre sans être dans l'ombre de son père.

Le silence remplit le vide entre nous, et quand je le regarde, il est difficile de ne pas le fixer. Les muscles de son cou se contractent sous la tension qu'il retient dans ses épaules.

Je devrais laisser le calme continuer à remplir l'air, mais je ne parviens pas à rester immobile.

— J'ai vu Kensley au déjeuner aujourd'hui.

Luca avale sa salive, et sa main s'arrête alors qu'il corrige mes notes.

— Elle a des bleus sur les poignets, dis-je doucement, et il tressaille. Tu sais quelque chose à ce sujet ?

— Ne me pose pas de questions dont tu ne veux pas connaître les réponses, claque Luca.

Il pose le crayon, feuillette quelques pages supplémentaires dans le carnet. Il a terminé et fait glisser le cahier devant moi pour que je puisse examiner les nouveaux éléments.

— Tu l'as interrogée.

— J'ai fait ce qui était nécessaire pour te retrouver.

— Je t'avais dit de ne pas me courir après, dis-je, et il tourne son siège pour me faire face.

— Non, Harper, tu m'as écrit une lettre. Tu ne m'as rien dit du tout.

— C'est de la sémantique.

Luca secoue la tête.

— Tu crois vraiment que si je t'avais laissée partir à Las Vegas ou n'importe où tu voulais t'enfuir, mon père ne t'aurait pas ramenée de force ?

C'est ce que j'espérais. C'est pourquoi j'ai utilisé la carte de crédit de Kensley et non celle que mes parents m'avaient donnée pour les urgences.

Je n'avais pas pensé qu'ils pourraient retracer ses achats et découvrir où j'étais allée.

— Je suis désolée. Je n'aurais pas dû m'enfuir.

— Encore une fois, ne t'excuse pas quand tu ne le penses pas, dit Luca en me foudroyant du regard.

Je suis surprise qu'il ne se soit pas levé pour partir en trombe.

Il est encore tellement en colère, mais je ne suis pas sûre qu'il n'y ait pas aussi de la douleur et du chagrin enfermés dans son cœur.

— À propos de Kensley, ce qui s'est passé. Est-ce que tu... l'as blessée ?

J'ai remarqué les marques sur ses bras. En a-t-elle d'autres sous ses vêtements ? Je n'ai pas remarqué si elle portait du maquillage pour dissimuler d'éventuels bleus, mais je n'y avais pas prêté attention non plus.

— Tu penses que je suis comme mon père, dit Luca en repoussant sa chaise.

Je l'ai perdu.

Il se lève et recule d'un pas. Il ne quitte pas le salon d'études tout de suite.

Il n'y a que nous deux ici, mais il n'y a pas de porte, pas d'intimité réelle. N'importe qui peut nous entendre nous disputer, et j'ai essayé de garder un ton bas pour ne pas réveiller Zeke.

— Je n'ai pas dit ça, Luca.

— Tu n'as pas eu besoin !

Il passe une main dans ses cheveux noirs, et sa respiration devient plus bruyante. Je peux l'entendre à travers la pièce, chaque souffle qu'il prend. Ses mains se serrent en poings le long de son corps.

— Kensley avait des bleus. Je veux juste l'entendre de ta bouche. Dis-moi ce qui s'est passé.

— Je n'ai pas posé un putain de doigt sur elle ! me crie Luca.

Je ferme momentanément les yeux pour essayer de calmer mon cœur qui s'emballe. Ils ne sont fermés qu'une fraction de seconde avant que je ne cligne des paupières et que je le regarde droit dans les yeux.

— Elle avait des bleus aux poignets, dis-je à nouveau, sans avoir la moindre peur de Luca.

Son père, c'est une autre histoire.

— Ce n'est pas moi qui l'ai mise dans des entraves, dit Luca. Je ne l'ai pas traînée dans la cave du sous-sol. C'était Moreno.

Ma chaise grince tandis que je me lève et me retrouve face à face avec Luca.

— Mais tu ne l'as pas libérée non plus.

— Non, en effet.

Il respire lourdement et me parcourt du regard, ses yeux errant sur mon corps puis sur mes lèvres.

J'ai déjà vu ce regard brûlant auparavant. Si nous ne dormions pas dans des chambres séparées, je serais sur la pointe des pieds en train de me pencher pour l'embrasser.

Mais au lieu de cela, je croise les bras sur ma poitrine.

— Pourquoi ?

— Parce qu'elle avait des informations ! crie Luca. Elle savait où tu allais, du moins je le pensais. Kensley en savait définitivement trop. Tu as de la chance que Moreno n'ait pas tout dit à Dante.

Mon souffle se bloque, et je sens mon cœur s'accélérer.

— Moreno a gardé un secret vis-à-vis de Dante ?

— Disons plutôt qu'il a retenu des informations. Je ne sais pas pourquoi, ne me le demande pas, grogne Luca. J'aurais tout dit à mon père, mais encore une fois, j'aurais fait n'importe quoi pour te mettre en colère.

Eh bien, ça marche.

Hochant la tête, je recule d'un pas et me tourne, dos à Luca pour rassembler mon cahier et mon manuel et tout remettre dans mon sac.

Luca saisit mes hanches par derrière et me fait sursauter. Ses mains attrapent mes bras et me plaquent contre la table, face contre le plateau.

Je halète en sentant son érection me pousser par derrière.

— Je devrais te prendre ici et maintenant, laisser tout le monde savoir que tu m'appartiens.

Il n'y a pas de chaleur dans ses mots, pas de joie.

C'est de la pure possession.

Mon cœur bégaie, et j'essaie de repousser Luca, mais il est trop fort.

— Je ne vais pas coucher avec toi ici, dis-je en lui donnant un coup de coude pour qu'il me lâche.

Il relâche son emprise sur moi, et je me retourne

pour lui faire face. Le bord de mes fesses est contre la table, et il envahit mon espace personnel.

À n'importe quel autre moment, j'aurais été excitée.

Pour être honnête, je suis un peu émoustillée en ce moment même, sa simple proximité me fait cet effet, mais je ne suis pas sur le point de lui offrir une sorte de baise de haine pour le satisfaire.

Pas quand n'importe qui pourrait passer ou que Zeke pourrait sortir de son lit et voir son père baiser sa mère sur la table d'étude.

— Oh, ma chérie, tu coucheras avec moi quand et où je te le dirai, me chuchote Luca à l'oreille. Parce que nous sommes mariés.

Je lève les yeux au ciel et lui écrase le pied.

— Tu as déjà entendu parler du consentement ? Ce n'est pas parce que nous sommes mariés que tu peux exiger quand on couche ensemble. Alors, va te faire foutre ! Tu es devenu exactement comme ton père !

SIX

LUCA

HARPER SAIT EXACTEMENT quels mots prononcer pour me faire enrager. Comme une infection, ses paroles me hantent.

Je grogne en m'éloignant d'elle :

— Je ne suis pas mon père.

Elle a raison, cependant. Je ne la forcerais jamais à avoir des relations sexuelles avec moi.

Le mariage.

C'est quelque chose de complètement différent. Aucun de nous n'a eu le choix, mais je ne me forcerais jamais sur elle.

Et je me déteste d'avoir presque perdu le contrôle, d'avoir voulu la baiser jusqu'à l'épuisement et la faire me supplier de lui pardonner.

Parce que c'est tout ce qu'il faudrait pour faire fondre ma colère en ce moment. Passer du temps avec elle, la laisser s'insinuer sous ma peau, me donne envie d'oublier pourquoi je la déteste.

Bien que je ne sois pas sûr de pouvoir vraiment détester Harper Ricci. Après tout, elle est ma *femme*.

Ce mot me semble encore étranger.

Seuls mes coéquipiers les plus proches, ceux qui ont du sang mafieux, connaissent la vérité, Liam et Ashton.

Tous les autres dans l'équipe pensent que je suis fou d'avoir épousé Harper. Mais au moins, je n'ai pas à m'inquiéter d'éventuelles fêtes chez nous. Avec Zeke sous notre toit, les jours de fête chez nous sont terminés.

Chase prévoit d'organiser des soirées les soirs de match à domicile. Quand nous gagnons, il y aura une fête ; quand nous perdons, probablement une soirée morose. Il a emménagé dans l'ancien appartement que j'occupais le semestre dernier avec nos autres coéquipiers Rowan, Miles et Brooks. Ce sont des première année, et quand ils ont appris par Chase qu'ils pouvaient quitter les dortoirs, ils ont sauté sur l'occasion.

Après notre séance d'étude tendue, Harper et Liam sont sur le canapé, Ashton et Nova assis par terre.

— Faisons un jeu, dit Nova en sirotant son mocktail.

Du moins, je suppose que c'est ce qu'elle boit, car tout l'alcool lui a été caché.

— Quel genre de jeu ? demande Ashton, mais il y a définitivement de l'hésitation dans sa voix.

Il n'est pas le seul à se sentir hésitant, car l'idée de jeu de ma petite sœur n'est pas quelque chose auquel je voudrais nécessairement participer.

— Action ou Vérité.

Nova est tout sourire, et j'ai l'impression qu'elle prépare un mauvais coup. Elle essaie probablement de nous rapprocher, Harper et moi.

Non merci.

Harper n'est pas ma personne préférée en ce moment.

Je n'arrive pas à croire son audace, me dire que je suis comme mon père, et Ashton arrive en deuxième position, à donner des cours à *ma femme.*

Je devrais passer à autre chose. Rationnellement, je sais qu'il ne la drague pas. Il ne me trahirait pas comme ça, mais je ne peux m'empêcher de sentir la jalousie monter en moi quand je les vois ensemble.

Rire.

Sourire.

Ce n'est pas facile d'être marié quand les secrets nous déchirent.

Notre relation n'est pas bâtie sur la confiance.

Ashton ne saurait pas ce que c'est, combien il a la vie facile en ce moment.

Je ne veux pas me sentir ainsi, cette brûlure dans mon estomac, cette douleur dans mon cœur, cette rage qui monte en moi à chaque regard et sourire qu'ils partagent.

Leur amitié n'est pas construite sur des mensonges.

Comment ne pas être jaloux ?

Liam étire ses bras sur le canapé et sourit d'un air narquois.

— Je pourrais jouer. Je ne suis pas vraiment fan de la partie Action du jeu Action ou Vérité. Et si on devait simplement répondre à toutes les questions qu'on nous pose ?

Les yeux de Nova se tournent vers Liam.

— Poule mouillée.

Elle pousse un profond soupir.

— Mais ok, je pourrais jouer à un jeu de vérités seulement.

C'est comme s'ils partageaient un secret.

Bon sang.

Est-ce que tout le monde me cache des secrets, ou est-ce que je deviens plus paranoïaque comme mon père ?

À force de passer du temps avec lui, il *déteint* sur moi.

Je grogne, pas très enthousiaste à l'idée de ce petit jeu, mais je le tolère. Passer du temps tous ensemble est rare ces jours-ci.

J'expire par le nez, je prends une bière dans le frigo et m'assieds par terre.

— Ouais, bien sûr. Allez-y, donnez-moi votre meilleur coup.

Je propose de passer en premier, au moins pour arracher le pansement d'un coup. Plus ils auront de temps pour réfléchir aux questions, plus ce sera difficile.

Ashton sourit d'un air narquois.

— Je commence. Combien de temps vas-tu rester en colère contre moi parce que j'étudie avec Harper ?

Peut-être que je devrais reconsidérer et opter pour une soirée tranquille dans ma chambre, au lit.

Je lève les yeux au ciel et bois une gorgée de ma bière.

— Ce serait mieux comme jeu à boire, dis-je en marmonnant.

— Je suis partante !

Nova se lève d'un bond, et je lui lance un regard noir.

— Il y a de la bière dans le frigo. C'est tout ce qu'il y a dans cette maison, dis-je.

Liam et Ashton me fusillent tous les deux du regard. Je jurerais que c'est le regard qui dit *on sait que tu mens*, mais aucun des deux ne me contredit.

C'est bien qu'ils soient tous les deux mes coéquipiers et qu'ils me soutiennent.

— Peu importe.

Nova lève les yeux au ciel et se laisse retomber.

— À mon tour, dis-je avec un sourire narquois.

Ashton rit.

— Certainement pas. Tu n'as pas répondu à la question.

Je sirote ma bière, faisant semblant de ne pas avoir remarqué.

— Oh. Vraiment pas ? Eh bien, tant que tu ne dragues pas Harper et que tu gardes tes sales pattes loin d'elle, je pense que tout ira bien.

Ashton passe une main dans ses cheveux. La frustration marque son front, sa veine ressortant légèrement.

— Vous réalisez tous les deux que mon intention était juste d'étudier ?

Ashton regarde Harper puis moi.

— Bien sûr que c'était ça !

Les yeux de Harper s'écarquillent, et je suis surpris qu'elle ne me hurle pas au visage.

— Nous sommes mariés. Peut-être que ça ne signifie rien pour *toi*, Luca, mais ça signifie quelque chose pour moi. Je ne te tromperais jamais ! Tu seras toujours un tel homme des cavernes ? Ou il y a une chance que tu évolues ?

Elle a une façon d'essayer de me faire sortir de mes gonds, mais je refuse de la laisser réussir.

— Ce n'est pas ton tour de poser une question, Harper.

Je lui lance un regard pour lui indiquer que je n'ai aucune intention de lui répondre.

— Ne t'inquiète pas. C'était rhétorique.

Mes sourcils se froncent tandis que je tourne mon attention vers Ashton.

— Pourquoi tu n'amènes plus d'innombrables filles dans ta chambre ?

Je n'ose pas demander si c'est parce qu'il a toujours le béguin pour Harper. Ce serait juste une autre dispute ce soir, et je commence à être fatigué de toutes nos querelles.

Ashton qui ne couche pas n'est pas une option, ce qui signifie qu'il a couché avec des filles dans leurs chambres ou appartements. Je n'ai aucun problème avec ça, mais je me demande, depuis avant notre emménagement dans le nouvel appartement, pourquoi ce changement ?

Je n'avais pas l'intention de demander, parce que franchement, je sais que ce ne sont pas mes affaires.

Mais si Ashton va se mêler de ma relation, alors il est temps pour moi de foutre le bordel dans la sienne.

Ashton presse ses lèvres l'une contre l'autre et reste silencieux.

Un peu trop silencieux.

Il passe ses doigts sur le tapis avant de lever les yeux vers moi.

— Je t'ai posé la question en premier. Tu n'as pas le droit de me poser une question ensuite, mais comme je n'ai rien à cacher, je pensais que tu ne voudrais pas que j'amène *d'innombrables filles* dans notre nouvelle maison. Vu que tu as un bambin sous ton toit.

Sa réponse me surprend.

Je hoche sèchement la tête et regarde Harper, dont le regard est fixé intensément sur Ashton.

— Ma question est pour Harper, dis-je, voulant savoir pourquoi elle le regarde *comme ça*.

Liam secoue la tête et m'interrompt.

— Tu as déjà posé ta question. C'est mon tour. Que quelqu'un me demande quelque chose, mais faites que ce soit intéressant. Ce jeu de vérité est sans inspiration.

Nova lève les yeux au ciel face à Liam.

— Ce n'est pas comme ça que ce jeu fonctionne… mais peu importe. C'est quoi l'histoire entre toi et Iris ?

Elle attend qu'il développe.

Nous attendons tous plus de détails.

— Iris ? dis-je avec étonnement.

Je ne savais pas que Liam sortait avec quelqu'un.

— Mon plan cul, répond Liam en fusillant Nova du regard. Comment es-tu au courant pour *elle* ?

— Tu as laissé ton téléphone sur le canapé l'autre soir, et elle t'a envoyé un message. Ses messages étaient visibles sur ton écran d'accueil.

Ses yeux s'écarquillent légèrement, mais il se repositionne sur le canapé. Il essaie de rester cool, mais je peux voir la sueur perler sur son front.

— Tu as vu quoi exactement ?

Liam frotte ses mains sur son pantalon.

Il transpire clairement.

— Tu veux dire « lu » ?

Nova sourit narquoisement. Elle joue avec lui. Je connais ce sourire, elle raconte des conneries et il y croit.

— Ne le harcèle pas, dis-je à ma petite sœur. Il a droit à un peu d'intimité.

Nova ricane.

— Bien sûr. Si tu veux.

Liam fusille Nova du regard.

— Et toi ? Tu veux dire à tout le monde *avec qui tu sors* ?

Nova s'éclaircit la gorge et ramène ses genoux contre sa poitrine.

— Je ne sors avec personne.

Sa voix se brise en restant coincée dans sa gorge.

Je le saurais si Nova avait un petit ami.

Elle serait constamment sur son téléphone, à lui envoyer des messages si un tel garçon existait.

Si Liam essaie de la faire se sentir petite, pitoyable de n'avoir personne qui s'intéresse à elle, je ne vais pas le tolérer.

— Nova est trop intelligente pour s'empêtrer dans une relation. Elle se concentre sur ses études. Contrairement à certains.

Je fusille Liam du regard pour le faire taire.

Nova prend son mocktail et se lève.

— Je m'ennuie. Ce jeu n'est pas amusant. Je vais aller lire dans ma chambre.

Elle fait semblant de ne pas être blessée.

Je la laisse partir. C'est mieux si le jeu se termine avant que d'autres dégâts ne soient causés. Je me lève, ne voulant pas me retrouver à devoir répondre à d'autres questions sur Harper ou sur ses séances d'étude avec Ashton. Je suis toujours énervé à ce sujet, même si je ne voudrais pas l'être.

Je ne peux pas contrôler mes sentiments.

Je dors quelques heures, mais après m'être disputé avec Harper en essayant de l'aider à étudier et ce ridicule jeu de vérités auquel je n'aurais jamais dû accepter de participer, je ne suis pas du tout fatigué.

Je suis surstimulé.

Je me réveille avant le lever du soleil, ce qui n'est pas une surprise puisque l'entraînement commence toujours à six heures trente précises. Nous faisons des échauffements sur la glace et des exercices.

Au moins, la patinoire me donne un but, et peut-être qu'elle peut m'aider à me vider la tête.

— Comment va la vie conjugale ?

Chase patine à côté de moi alors que nous travaillons nos passes et nos tirs au but.

— Merveilleusement bien, dis-je.

— Déjà des problèmes au paradis ?

Rowan nous entend.

Putain.

Je dois rester cool. Ces gars n'ont aucune idée de ce qui se passe entre nous, pourquoi on s'est mariés, ni que ma famille est liée à la mafia.

Poser des questions ne fera que nous attirer des ennuis. Je ne suis pas idiot. Je sais qu'Ashton a espionné pour Dante. Je ne suis simplement pas sûr si je suis sa cible ou si c'est Harper.

Peut-être nous deux.

— Elle voulait une lune de miel, dis-je.

C'est un mensonge facile et crédible.

— C'est toujours le cas, non ? lance Chase. Emmène-la quelque part pendant les vacances de printemps.

Sa suggestion ne serait pas mauvaise si je n'avais pas envie de passer une minute de plus dans la même pièce que Harper.

Je m'éloigne en patinant pour éviter toute discussion supplémentaire sur ma *femme*. J'aurais peut-être dû prétendre que nous ne nous étions pas mariés, mais l'anneau à mon doigt est un rappel flagrant que c'est arrivé.

Nous terminons les exercices, prenons une douche, et l'équipe prend le petit déjeuner ensemble au réfectoire.

Je meurs de faim, et Ashton prend place à côté de moi. Je jure qu'il essaie de s'assurer que je ne craque pas sous la pression, et pas à cause du hockey.

— Je n'arrive pas à croire que tu ne nous as pas invités au mariage, dit Rowan en montrant l'anneau à mon doigt. Quand est-ce que c'est arrivé ?

— Samedi, dis-je entre deux bouchées d'œufs. C'était une cérémonie très intime.

Ce n'est pas un mensonge complet, puisque lorsque nous avons échangé nos vœux, il n'y avait que quelques personnes présentes. Ce n'était pas le mariage que Maman avait planifié pour nous. Ce n'était pas non plus le mariage que j'avais imaginé, à courir après ma mariée.

— Est-ce que ta femme sera là pour le match de jeudi ? demande Brooks.

C'est le moins pénible des première année qui

m'interrogent sur le mariage, probablement parce qu'il n'a pas encore rencontré Harper.

— Harper ? dis-je avant de prendre une autre bouchée de petit déjeuner. J'en doute. Elle a un enfant, il faut le coucher tôt et tout ça.

C'est une excuse facile que je peux utiliser, et puisque nous jouons un match à l'extérieur, je n'ai pas à mentir.

— Ton enfant ? demande Brooks, les yeux écarquillés.

— Seulement par alliance, dis-je en faisant une pause pour me frotter la nuque.

C'est une conversation que nous n'avons jamais eue. Si quelque chose arrive à Harper, qui obtiendra la garde de Zeke ?

Une conversation lourde à laquelle je ne veux jamais penser, alors je mets cette pensée de côté.

— Merde. Mariage et un enfant, dit Rowan. Tu as vraiment signé pour le package complet.

Ashton sourit.

— Harper est le package complet. Vous l'avez vue ? Des courbes et tout.

Il fait un geste de chef cuisinier qui envoie un baiser, et j'ai envie de le massacrer.

Je lance un regard noir à Ashton. S'il essaie

d'aider, ça ne marche pas. Tout ce qu'il fait, c'est me rendre jaloux par la façon dont il parle de *ma femme*.

Ashton remarque mon malaise et force un sourire.

— Je te félicite, c'est tout, mec. Tu as le meilleur des deux mondes.

Non, j'ai tiré le mauvais numéro, mais je ne peux pas me plaindre à mes coéquipiers.

Liam s'assoit en face de moi. Il reste silencieux, fait défiler son téléphone et mange son petit déjeuner en gardant ses distances. J'apprécie qu'il n'empire pas les choses pour moi.

Il connaît la vérité, tout comme Ashton. Mais Ashton préfère me faire chier.

— Quelque chose d'intéressant ? dis-je en regardant Liam, dans l'espoir de détourner la conversation de ma vie amoureuse merdique.

Liam sourit et secoue la tête.

— Juste mon plan cul, dit-il. Elle aime m'envoyer des photos.

Rowan tend la main vers le téléphone de Liam, qui grogne et le repousse.

— Trouve-toi ta propre copine.

— Oh là, dit Rowan. Je ne pensais pas que tu serais si possessif puisque c'est juste ton plan cul.

— C'est une amie, en fait. On couche ensemble

quand on est tous les deux en ville. Ce sont des photos d'elle et de son chien, crétin, grogne Liam.

Le plan cul de Liam n'étudie pas à l'Université d'Evergreen, ce qui rend la situation moins qu'idéale. Mais je sais qu'il vaut mieux ne pas me moquer de Liam. Il chercherait juste à se battre avec moi, et j'ai déjà assez d'Ashton pour ça.

— Ce serait mieux si c'étaient des photos d'elle et de sa chatte, ricane Ashton.

— Tu as un désir de mort, Rinaldi ?

Liam fusille Ashton du regard avant de lui lancer un croissant au visage.

— Oh, il en a définitivement un, dis-je en prenant une autre bouchée de mon petit déjeuner.

Ashton s'empare de la pâtisserie qui l'a agressé.

— Merci, mec.

Il lève le croissant et sourit avant d'en prendre une bouchée.

La foule à la patinoire est habillée de vert et noir. Nous affrontons les Prédateurs ce soir, une équipe qui se trouve à seulement quelques heures de la ville. C'est une petite université privée, mais ils sont notre plus ancien et plus grand rival.

Liam est heureux puisque son plan cul fréquente Great Falls College. Normalement, nous rentrerions après un match à quelques heures de route, mais les prévisions annoncent plusieurs centimètres de neige cette nuit, et ça a commencé après notre arrivée.

Le coach a réservé un bloc de chambres pour nous à l'hôtel local. Je partage avec Ashton, qui n'est pas le pire colocataire qu'on puisse avoir, même si celui qui se retrouve avec Liam est chanceux, puisqu'il ne dormira pas à l'hôtel.

Il n'y a pas de règles contre le fait de dormir ailleurs. Si tu as de la famille, tu peux dormir chez eux pour la nuit, tant que tu es de retour dans le bus le matin quand nous partons. Sinon, tu dois te débrouiller pour rentrer sur le campus.

— La salle est pleine, dis-je en remarquant la foule.

Il y a quelques fans des Narvals qui se démarquent en turquoise et blanc, mais ils ne sont pas nombreux dans l'arène. Je suppose que la météo a empêché beaucoup de nos supporters de venir ce soir.

Nous nous échauffons sur la glace, faisons quelques étirements et nous préparons à anéantir les Prédateurs. Il n'y a pas d'autre option.

Nous avons besoin d'une victoire ce soir.

Liam est d'un côté de moi, Ashton de l'autre.

— Tu as vu qui est dans les gradins ce soir ?

Liam fait un signe de tête vers le plexiglas.

Mon regard parcourt la foule, me demandant qui Liam a repéré.

Au premier rang, un homme aux cheveux noirs épais et aux yeux encore plus sombres porte un costume. Il semble un peu déplacé, mais je le reconnais.

— Est-ce que c'est—

— Kyler Greyson, dit Liam, et sa mâchoire se crispe. Sa gamine insupportable, Bristol, fréquente Great Falls.

Ma respiration se bloque dans ma gorge.

— Tu connais Greyson ?

— Lequel... oui.

Liam répond un peu trop rapidement.

— Pas si bien. Nous sommes allés à l'école privée ensemble depuis tout petits.

— Je parlais de Kyler Greyson.

Je me fiche de Bristol.

— Une chance de me le présenter ? dis-je en patinant en arrière sans quitter M. Greyson des yeux.

— Seulement si tu veux le faire toi-même, dit Liam.

Greyson est ma seule chance d'intégrer la NHL et de m'éloigner de mon père.

Ce n'est pas que je ne pourrais pas être sélectionné si je m'inscris à la draft NHL, mais c'est un coup de chance. Il y a de meilleurs joueurs dans d'autres écoles. Je suis peut-être le meilleur à Evergreen, mais je ne suis pas le meilleur qui existe.

Je ne suis pas assez arrogant pour penser que j'ai un avenir assuré dans le hockey professionnel.

— Tu ferais mieux de faire bonne impression.

Ashton me frappe dans le dos.

Il sait ce à quoi je fais face, mon propre père.

C'est la mafia ou le hockey.

Techniquement, Dante m'a dit qu'après une carrière de hockey professionnel, je serais toujours obligé de rejoindre l'entreprise familiale, mais si je réussis en grand, il n'aura plus aucun contrôle sur moi.

Je dois juste devenir célèbre.

Ce qui commence par impressionner Kyler Greyson, le nouveau propriétaire des Dragons de la Glace et ancien joueur star de la NHL.

— Ou tu pourrais te rapprocher de Bristol et m'obtenir cette présentation.

Je lève les sourcils vers lui.

Liam ricane. Il s'étire sur la glace pour s'échauffer avant notre match.

— Tu n'as clairement jamais rencontré Bristol.

— Et Brooks ? Il sort avec quelqu'un ?

Regardez-moi jouer les entremetteurs pour obtenir une présentation à Kyler Greyson.

— Tu devrais demander à Brooks.

Liam lève les yeux au ciel et s'éloigne de moi en patinant.

— Mais je ne ferais pas ça à un ami, crie-t-il.

Pendant le premier quart-temps, j'essaie de me concentrer sur le match et non sur le fait que Kyler nous regarde jouer. Il est probablement plus concentré sur les Prédateurs que sur les Narvals. La seule façon d'avoir une chance de le rencontrer est d'être impressionnant dans le match de ce soir.

Je réussis à marquer deux fois tôt dans la première période. Les Prédateurs ne semblent pas prendre le match au sérieux, mais ensuite je me fais plaquer contre la bande en poursuivant le palet et mon casque s'envole.

Putain d'enfoiré.

— Tu te crois super balèze, me nargue Tucker.

Il ne recule pas, son poing rencontre ma mâchoire, et ça me pique.

Ashton est juste derrière moi et attrape le maillot

du type qui m'a frappé pour le faire tournoyer sur la glace, tout en lançant coup après coup dans son flanc.

L'autre équipe se précipite après Ashton. Brooks et Rowan s'avancent pour défendre.

L'arbitre siffle, mais personne ne peut l'entendre.

Je suis tiré en arrière par une paire de bras inconnue, et la bagarre se dissipe tandis qu'on nous sépare. Au moins, Tucker est envoyé sur le banc des pénalités.

Liam m'examine du regard.

— Ça va ?

Son regard s'attarde sur ma mâchoire un peu plus longtemps que nécessaire.

J'aurai certainement un bleu demain.

— Ça va.

Tucker semble m'en vouloir pour le reste de la soirée. Je ne suis pas sûr, mais j'ai l'impression que toute l'équipe des Prédateurs participe à son petit jeu qui consiste à me tabasser.

Chaque fois que j'ai le palet, ils me pourchassent. Oui, c'est comme ça que le jeu est censé se dérouler, mais après que je l'ai passé à Ashton ou Chase, ils continuent de m'écraser contre la vitre.

À chaque putain de fois.

Tucker est le premier à m'attaquer. Puis c'est l'un

de ses potes, soit Black soit Wells. Ils jouent trop violemment.

La première fois, au moins Tucker s'est retrouvé sur le banc des pénalités. La deuxième et la troisième fois, j'y suis envoyé aussi.

Putain de merde, je n'arrive pas à souffler.

Et ça, c'est juste la première période.

Dans la deuxième période, je me sens hors de mon jeu. Probablement parce que je me fais tabasser toutes les deux minutes.

C'est bagarre après bagarre, ce qui n'est pas une grande surprise, sauf qu'ils continuent de me sauter dessus. Et certains des contacts physiques sont légitimes, mais c'est cette merde où ils attrapent intentionnellement mon maillot ou ma crosse pour me retenir qui devrait entraîner une pénalité pour obstruction.

Mais les arbitres ne le remarquent pas, ou du moins ils ne sifflent pas les pénalités.

C'est comme s'ils regardaient ailleurs quand il y a une faute du côté des Prédateurs, mais si on ose éternuer dans leur direction, on se retrouve sur le banc des pénalités.

C'est un miracle que notre équipe soit encore en tête, mais les Prédateurs réduisent l'écart, et à la fin de la deuxième période, nous sommes à égalité.

Nous quittons la glace pour rejoindre les vestiaires pendant la pause, et je transpire comme un fou. Ma joue me pique, tout comme ma mâchoire, mais je l'ignore, gonflé à bloc par l'adrénaline.

L'entraîneur revoit quelques actions que nous avons faites plus tôt et ce que nous pouvons faire pour améliorer notre jeu.

— Ils jouent violemment. Ne les laissez pas vous monter à la tête.

Trop tard pour ça.

Je ne sais même pas pourquoi ils m'énervent autant, mais ça fonctionne. Probablement parce que je suis déjà tendu et frustré avec toute la merde qui se passe dans ma vie quotidienne. Entre Harper et Dante, je me noie dans l'irritation et l'agacement.

Tucker est juste la goutte d'eau qui fait déborder le vase, on dirait.

— Retournez sur la glace. Vous pouvez encore remporter cette victoire dans la troisième période. Donnez tout ce que vous avez.

L'entraîneur continue à jacasser, mais je n'écoute plus. Je resserre les lacets de mes patins et je retourne sur la glace avec l'équipe pour notre dernière période.

Ashton marque un but dans les deux dernières

minutes, et Tucker arrive, vole le palet, l'envoie à son pote Wells qui marque et égalise le match.

C'est trop serré, et je ne veux pas que leur équipe obtienne une once de victoire ce soir. Ça devrait être la nôtre. Dans les dernières secondes du match, je marque, assurant notre victoire, et c'est incroyable.

Je veux célébrer avec l'équipe et nos amis.

Après nous être douchés et nettoyés, nous nous dirigeons vers l'hôtel. L'alcool a été introduit en douce par l'un des seniors, puisque la plupart d'entre nous ne sont pas assez âgés pour boire.

Une demi-douzaine de gars traînent dans la chambre d'Ashton et la mienne pour célébrer notre victoire.

Liam reste avec nous pendant une heure jusqu'à ce qu'il reçoive son appel galant et se précipite pour la retrouver.

— Est-ce que quelqu'un a déjà rencontré l'amie spéciale de Liam ?

Je veux savoir si cette fille existe vraiment ou s'il cache quelque autre secret illicite.

Ashton hausse les épaules.

— Je ne peux pas dire que je l'ai rencontrée. Mais il n'avait pas des photos d'elle sur son téléphone ?

— Personne n'a jamais vu à quoi elle ressemblait vraiment. Il ne voulait pas nous montrer.

Rowan s'étend sur mon lit, comme s'il était chez lui.

— On devrait s'échapper et le suivre.

Brooks ne bouge pas d'un pouce de sa place sur le canapé. Il pointe la porte du doigt.

— Qui est avec moi ?

Mes jambes ne semblent pas capables de bouger. Je m'écroule sur mon lit et pousse Rowan.

— Tu occupes la moitié de mon lit. Je ne partage avec personne.

— Pas même avec ta femme ?

Rowan lève un sourcil.

Je ferme les yeux, soupire, puis les rouvre en tendant la main vers ma bière. Je vais avoir besoin de quelque chose de plus fort si on parle de Harper.

— Ça se passe si bien que ça, hein ?

Brooks étire ses jambes devant lui, puis fait craquer son cou de gauche à droite.

— Tout va bien.

Je mens et j'espère pouvoir retrouver ma capacité surnaturelle à faire croire que nous sommes follement amoureux.

Mais je n'ai pas envie de faire semblant ce soir. Je me suis déjà fait botter le cul sur la glace, et même si nous avons gagné, je ne peux m'empêcher de me sentir un peu vaincu.

— Et toi ?

Rowan se tourne vers Ashton, qui est assis seul sur son lit.

— On ne va pas discuter de ma vie amoureuse.

Les yeux d'Ashton s'écarquillent tandis qu'il prend une gorgée de sa bière.

Qui diable Ashton Rinaldi fréquente-t-il ? Je n'ai vu aucune fille grimper dans son lit depuis que nous avons emménagé dans le nouveau logement. D'ailleurs, il ne sort pas avec qui que ce soit. C'est plutôt le genre à avoir des aventures d'un soir.

— Parce qu'Ashton n'a pas de vie amoureuse.

Je le pointe du doigt, attendant qu'il dise aux gars qu'ils ont tort, qu'il ne croit pas aux rencontres et à l'amour.

Ashton reste silencieux et prend une autre gorgée de sa bouteille de bière. Il renverse la tête en arrière et descend cette putain de bouteille d'un coup.

— Bordel, avec qui tu sors ?

Je me redresse et le fusille du regard.

— Je le saurais si tu avais ramené une fille chez nous.

— Détends-toi.

Ashton pose la bouteille sur la table de nuit.

— C'est juste moi et ma main.

Brooks éclate de rire, son visage rouge vif.

Rowan secoue la tête et sourit comme un idiot.

— Si tu es autant en manque, il y a des puck bunnies qui te donneraient un coup de main, ou de bouche.

Ashton se lève, prend son téléphone avec lui et se dirige vers la salle de bain.

— Vous êtes des connards.

Il claque la porte de la salle de bain derrière lui.

SEPT

ASHTON

JE N'ARRIVE PAS à croire que j'ai laissé les gars me harceler. J'aurais pu utiliser n'importe quelle répartie. Ce n'est pas comme si je manquais d'esprit.

Mais quand il s'agit de Nova, je dois garder le secret.

Le pire, c'est que tout le monde dans l'équipe est au courant pour Nova et moi.

Tout le monde sauf mon meilleur ami, Luca.

Ils gardent mon secret, pour l'instant, mais il est clair qu'ils ne le garderont peut-être pas beaucoup plus longtemps.

Le fait que Rowan pose même la question de savoir avec qui je sors est vraiment dégueulasse. Il était là le soir de la fête quand j'ai eu mon premier coup avec Nova.

Toute l'équipe était là, même Luca. Mais Luca était trop occupé avec Harper à l'étage pour savoir ce que nous faisions en bas, puis plus tard dans ma chambre.

J'allume la ventilation dans la salle de bain pour m'offrir un peu d'intimité avant de m'asseoir sur le bord de la baignoire. Je jette un coup d'œil à mon téléphone et j'appelle Nova en vidéo.

Ses yeux s'illuminent quand elle répond à l'appel.

— Salut, inconnu !

Sa voix est de la musique pour mon âme. Voir son sourire suffit à effacer toutes les craintes et les doutes que j'ai concernant notre relation.

— Salut, on a gagné.

Je souris, le flot d'endorphines n'ayant pas encore complètement quitté mon système. La bière aide aussi et me donne un regain de confiance. Pas que j'en aie besoin.

— Tu me manques.

— Je te manque tout le temps.

Le nez de Nova se plisse et elle m'envoie un baiser.

— Tu as marqué ce soir ?

— Seulement au hockey.

Je lui fais un clin d'œil, parce qu'elle est la seule fille qui m'intéresse. J'avais l'habitude d'aimer mettre une nouvelle fille dans mon lit après chaque fête, mais il y a quelque chose chez Nova qui change mes besoins.

Ou peut-être que c'est juste le fait que je la veux, et je crains que quelqu'un d'autre ne me la vole si je ne la garde pas avec du sexe fantastique à chaque occasion.

Elle me regarde et sourit à travers l'appel vidéo.

— Tu es incroyable. Où es-tu ? On dirait une salle de bain en arrière-plan.

Avec une grimace, je réalise qu'être en vidéo n'était probablement pas idéal, mais je voulais voir son visage, entendre sa voix, plonger dans son regard saphir.

— Oui, les gars étaient justement en train de me demander si j'avais une copine. Je n'ai pas pu m'échapper assez vite.

— Oh.

Nova rit et porte une main à ses lèvres pour garder sa voix basse.

— Alors, qu'est-ce que tu leur as dit ?

— Rien. Je ne pouvais pas te mentionner, et je ne voulais pas mentir.

Nova sourit d'un air narquois.

— Alors, tu t'es réfugié dans la salle de bain pour te cacher ?

Elle me taquine, mais je garde le secret aussi pour elle. Luca ne sera pas content quand il découvrira que je sors avec sa petite sœur.

En fait, il sera probablement plus en colère contre moi.

De toute façon, il n'y a pas de bonne issue pour moi dans cette situation. Je ne peux pas l'imaginer me passer le bras autour des épaules et me dire d'en profiter.

— Je suis venu dans la salle de bain pour t'appeler.

C'est une demi-vérité, mais Nova a la capacité de voir clair en moi.

— Tu t'es enfui et caché. Mais c'est bon, j'aime l'avantage que ça nous donne de pouvoir parler seuls. Tu partages une chambre avec mon frère ?

Je soupire.

— Oui.

Une autre raison pour laquelle la salle de bain était l'endroit le plus sûr pour parler à Nova. Ce n'est pas comme si je pouvais avoir une conversation privée dans la chambre d'hôtel, surtout quand Luca ne sait pas que je sors avec quelqu'un.

— C'est juste pour une nuit. N'aie pas l'air si déprimé.

— Je ne le suis pas. Tu me manques, c'est tout.

J'aime pouvoir me faufiler de l'autre côté du couloir et me blottir contre Nova, grimper dans son lit et l'entourer de mes bras. Je ne peux pas faire ça les soirs où nous sommes en déplacement.

— Qu'est-ce que tu portes ?

Nova sourit et jette un coup d'œil à son haut de pyjama.

— Rien.

— Ma chérie, je peux voir tes vêtements.

Elle lève les yeux au ciel puis abaisse lentement le téléphone pour que je puisse voir tout ce qu'elle porte. Elle a un joli ensemble de pyjama assorti avec des pingouins. C'est un ensemble avec short qui remonte sur ses hanches juste au bon angle.

— Tu veux bien refaire ça ? Mais plus lentement et en écartant les jambes pour moi.

Les yeux de Nova s'écarquillent.

— Tu essaies d'avoir du sexe par téléphone avec moi ?

Sa voix monte dans les aigus, et sa nervosité est assez touchante.

Une vierge du sexe par téléphone.

— J'espérais qu'on pourrait s'offrir un petit jeu de fantaisie par téléphone.

Ses yeux sont grands ouverts, et elle raccroche.

Il est clair qu'elle a cliqué pour raccrocher, et ce n'était pas une erreur ou un appel interrompu à cause de la météo.

Je lui envoie un texto.

Alors, je suppose que c'est non.

Elle me rappelle, mais cette fois ce n'est pas un appel vidéo, juste une conversation téléphonique ordinaire et ennuyeuse.

— Salut, dis-je doucement, content qu'elle ne m'ignore pas.

— Je ne suis pas prête pour le sexe par téléphone. Je veux dire, ça implique beaucoup de paroles et de descriptions, et je suis nerveuse à l'idée de faire ça.

— Tu n'as pas besoin d'être nerveuse avec moi. Ce n'est pas comme si j'avais eu des tonnes de sexe par téléphone.

Je peux compter le nombre exact sur une main, enfin, plutôt sur un doigt. Le sexe par téléphone n'est pas une priorité quand tu es avec une fille différente à chaque fois.

— Je t'aime bien, Ashton.

Je ne peux pas m'empêcher de sourire.

— Au cas où tu ne l'aurais pas remarqué, je t'aime bien aussi, Nova. Je pourrais faire les paroles coquines, et tu pourrais juste écouter. Touche-toi pour moi. Laisse-moi entendre tes doux gémissements qui m'excitent tant, bébé.

Il y a un léger halètement dans sa voix.

Je souris.

— Oui, exactement comme ça. Mais tu n'es pas obligée si tu n'es pas à l'aise. Si tu dis non, je respecterai ta décision.

— Dis-moi ce que tu me ferais, murmure Nova, et je peux l'entendre bouger sur le matelas.

J'aimerais qu'on soit toujours en appel vidéo, mais je me contenterai de ce que je peux avoir avec elle.

Je ferme les yeux un instant et je réalise que moi aussi, j'ai besoin d'être plus à l'aise. Le bord de la baignoire ne me convient pas. Je prends la boîte de mouchoirs, la jette par terre et m'assois sur le sol, le dos contre le mur, le tapis de bain sous moi tandis que j'étends mes jambes.

— D'abord, je tracerais un chemin de doux baisers sur ta clavicule. Je sais combien tu aimes quand j'embrasse ton cou. Ma langue taquinerait ce petit endroit qui fait onduler tes hanches contre moi.

Elle fredonne doucement ; c'est un gémissement

léger, subtil, et c'est suffisant pour faire tressaillir ma queue dans mon jean.

— Quoi d'autre ? demande-t-elle.

Il y a du mouvement de son côté, et je ne peux pas m'empêcher de sourire.

— Enlève tes vêtements pour moi.

— C'est toi qui me dis que tu veux qu'ils soient enlevés ou tu veux vraiment que je les enlève ?

Sa question est si innocente que c'en est adorable.

— Je veux que tes putains de vêtements soient enlevés, ma chérie.

Il y a un léger bruissement de son côté. Je suppose qu'elle se déshabille, et j'attends quelques instants qu'elle finisse.

— Dis-moi quand tu es nue et sous les couvertures.

— J'y suis déjà, dit Nova, d'un ton catégorique. Continue.

Je ris de son impatience et appuie ma tête contre le mur.

— Je veux que tes mains explorent ton corps. Laisse tes doigts glisser sur ta poitrine, mais effleure seulement ton mamelon. Ce sont mes lèvres qui font ça, ma bouche sur ta peau. Je commence lentement, j'observe ta poitrine qui se soulève et s'abaisse, j'écoute les doux gémissements qui s'échappent de tes lèvres avant que ma langue n'encercle ton mamelon.

— Ashton.

Mon nom roule comme un ronronnement, et c'est divin.

— J'adore quand tu gémis mon nom.

Je passe une main sur mon jean, les paumes moites. La salle de bain est déjà étouffante.

Chaque respiration est un léger halètement, et je me mords la lèvre inférieure pour garder un semblant de contrôle. Putain, elle m'excite tellement.

— Et ensuite ? demande Nova, sa voix douce et innocente me donnant une érection fulgurante.

Je respire profondément et brusquement pour essayer de retrouver mon calme. Je ne peux pas jouir maintenant. Elle n'a même pas eu un orgasme, sans parler de plusieurs.

Nova est la seule femme qui sache me rendre à la fois si fort et si incroyablement faible. Elle est ma perdition.

Je cligne des yeux à travers ce brouillard.

— Laisse tes doigts effleurer ton ventre et descendre plus bas, mais ne te touche pas encore.

— Ok.

Un sourire s'étale sur mon visage. Mon Dieu,

j'aimerais vraiment qu'elle soit en vidéo pour cet appel. Peut-être que la prochaine fois, je pourrais la convaincre d'activer sa caméra pour que je puisse la regarder se toucher.

— Mes lèvres caressent ta peau.

Ma propre respiration s'approfondit tandis que l'air devient plus épais, plus chaud.

— Ma bouche embrasse légèrement le haut de tes cuisses, vers ton excitation.

Nova retient son souffle dans un halètement, et mon cœur palpite aux doux sons qu'elle produit.

C'est tellement excitant.

— Tu veux que je te goûte ce soir ?

— Oui.

Nova gémit, et je prends cela comme un encouragement à continuer.

— Tu es tellement sexy. J'écarte tes jambes, je place une jambe sur chaque épaule pendant que je passe ma langue le long de ta fente.

— Putain.

Le sourire s'élargit sur mon visage.

— Est-ce que tu te touches, ma belle ?

— Peut-être ?

Sa voix se bloque dans sa gorge.

— Assieds-toi sur tes mains.

— Quoi ?

Il y a de l'inquiétude dans son ton.

— Je ne t'ai pas encore dit de toucher ta chatte. Assieds-toi sur tes mains ; punis-toi pour moi.

Nova gémit, et mon sexe se tend pour être libéré. Je palpite, et je peux seulement imaginer que Nova ressent la même chose.

— Tu es une bonne fille qui fait ce que je lui dis ?

J'attends sa réponse.

— Oui.

Je défais la fermeture éclair de mon jean et déboutonne le haut pour sortir mon sexe.

— Je suis si dur pour toi. Je me touche, mais toi tu dois attendre. Tu dois m'écouter caresser ma queue.

Il y a un peu de liquide pré-éjaculatoire au bout, et je l'utilise comme lubrifiant.

— Si tu avais la vidéo activée, je te montrerais à quel point je suis dur pour toi. Ma queue dégouline d'envie d'être en toi.

Un autre gémissement d'elle et je vacille vers un abîme d'oubli pur, mais je ne suis pas prêt à y aller, pas prêt à faire ce saut dans l'extase pure.

— Tu peux sortir tes mains de sous tes fesses, mais trace seulement le contour de ta chatte. Ne te touche pas complètement encore.

Ses doux halètements deviennent plus prononcés.

— Tu es mouillée pour moi ?

— Oui.

— Bien. Je suis content de te rendre mouillée. J'aimerais pouvoir goûter ta douceur. Ma langue serait partout sur cette chatte sexy, et je te lécherais en mouvements longs et lents, pour te mener à la frénésie.

— J'y suis déjà, murmure Nova. Tu me fais tellement languir.

Le sourire s'étale sur mon visage. Ce que je ne donnerais pas pour sentir ces pulsations autour de ma queue.

— C'est une bonne sorte de langueur, n'est-ce pas, ma belle ?

— Oui.

Elle est plus haletante, plus détendue, et bon sang, plus sexy si c'est possible.

— Je veux ta queue en moi.

— Tu ne veux pas ma langue sur ton clitoris ? Parce que je veux sentir ces hanches magnifiques onduler contre mon visage.

— Ashton.

Son gémissement est délicieux, et je ne me sens

pas assez méritant pour l'entendre, mais j'en désire davantage.

— Bouge tes hanches contre le matelas. Touche-toi pour moi.

Je désire son corps, son cœur, son esprit. Je la veux tout entière.

Il y a de légers mouvements en arrière-plan, et je ne peux qu'imaginer qu'elle fait ce que je lui ai dit.

— Je veux ta queue à l'intérieur de moi.

— Putain, bébé. Je veux ça aussi, dis-je d'une voix rauque.

Ses mots font pulser mon membre. Je me caresse, imaginant que c'est sa main, ses lèvres, sa tête qui monte et descend pour me prendre plus profondément.

Ses gémissements deviennent plus prononcés, plus sexy, alors qu'elle approche du bord.

— Jouis pour moi, dis-je dans un murmure, trouvant plus difficile de parler, de former des pensées cohérentes tandis que mon sexe languit pour sa chatte.

Elle gémit et se plaint.

— Je suis si proche, s'il te plaît, Ashton.

Sa voix me supplie de la baiser, et je jure que si je pouvais la rejoindre en sécurité ce soir, je le ferais.

— Tu te débrouilles si bien, bébé.

Ma voix est à peine plus qu'un murmure.

— J'adore te voir et t'entendre jouir.

Nova gémit, ses halètements devenant plus audibles alors que je l'écoute poursuivre son orgasme. C'est tout ce que j'aurais pu imaginer et même mieux.

Après, elle halète fortement, puis respire lourdement alors qu'elle semble se calmer.

— Tu as joui ? demande Nova.

— Pas encore.

Ma voix est rocailleuse. Je caresse mon sexe, la tête renversée en arrière, mes mouvements plus rapides avec mon poing. Maintenant que je sais qu'elle a atteint son climax, je me permets de précipiter le mien.

— Jouis pour moi, Ashton.

Les mots de Nova résonnent dans mon oreille.

— Je veux te sentir dans ma bouche.

Ses paroles coquines me font basculer. Mon cœur bat sauvagement, et je tremble, sentant la vague me submerger. J'attrape un mouchoir pour y déverser ma semence. Je me mords la lèvre inférieure pour ne pas gémir à voix haute. Je veux que Nova m'entende, mais je dois être prudent. Je ne suis pas le seul dans cette chambre d'hôtel.

Je jure que mon cœur va bondir hors de ma

poitrine alors que mes yeux luttent pour s'ouvrir. Je suis rassasié, mais ça en valait la peine.

Putain, c'était bon.

— Merci d'avoir joué le jeu avec moi ce soir.

Nova lance à nouveau le chat vidéo, et je clique sur accepter.

Elle est allongée dans son lit, recroquevillée sur le côté, les lumières éteintes, mais je peux apercevoir une faible lueur de son téléphone.

— Tu avais raison, le sexe par téléphone est amusant.

J'aimerais pouvoir être blotti contre elle, mais la regarder devra suffire.

— Le sexe en vidéo sera encore meilleur la prochaine fois.

Nova sourit et détourne le regard.

— Je ne promets rien, mais si tu veux être en vidéo pendant que ma caméra est éteinte, je ne dirai pas non.

HUIT

LIAM

DÈS QUE JE reçois le message d'Iris, je traverse le campus à toute vitesse. Même si nous ne sommes que des amis avec avantages, j'apprécie le temps passé ensemble.

Ça ne fait pas de mal qu'elle m'envoie des photos dénudées.

Elle m'envoie aussi des photos d'elle avec les chiens du refuge qu'elle câline. C'est dans le cadre de son programme travail-études à Great Falls.

Je suis certain que si elle ne vivait pas dans les dortoirs, elle les aurait probablement tous adoptés.

Je me dirige vers sa chambre et frappe

fermement à la porte, attendant qu'elle me laisse entrer.

— Une seconde ! crie une voix féminine par-dessus la musique forte.

Je suis surpris que quelqu'un ait pu entendre mes coups.

Bristol Greyson ouvre brusquement la porte, me dévisage, ses yeux me fusillent et elle la claque.

C'est quoi ce bordel ?

Est-ce qu'Iris connaît Bristol ? Sont-elles nouvelles colocataires ?

Je déteste Bristol Greyson. C'est une gosse de riche pourrie-gâtée dont le père jouait dans la NHL avant d'acheter l'équipe.

C'est un milliardaire.

Putain, j'ai lu qu'il était déjà milliardaire avant même de jouer au hockey, ce qui est logique. Aucun joueur de hockey n'a ce genre de fric. Il a fait quelque chose dans les actions ou les obligations ou je ne sais quoi de financier quand il était jeune. Il a fait un gros coup. Gagné beaucoup d'argent.

C'est un type riche avec une fille prétentieuse.

Elle était insupportable en CP, quand on nous a forcés dans la même classe, et une vraie terreur au collège.

Nous sommes allés à la même école privée en

grandissant. Au lycée, nous fréquentions des cercles sociaux différents.

Je ne veux pas admettre qu'elle s'est transformée de vilain petit canard en véritable beauté. Peu importe à quel point elle est belle, elle déborde de venin.

Cette fille a de sérieuses griffes et des dents qui mordent.

Je frappe à nouveau à la porte, et Bristol l'ouvre violemment, me fusille du regard, m'attrape par le bras et me tire dans sa chambre avant de claquer la porte.

— C'est. Quoi. Ce. Bordel ?

Je la fixe et regarde autour de moi.

Elle baisse le volume de ses enceintes.

Où est Iris, putain ?

Ce n'est pas la chambre d'Iris. Y a-t-il eu un changement dans son dortoir ? Suis-je au mauvais étage ?

— C'est bien la 416 ?

Je regarde autour de moi car je reconnaîtrais la chambre d'Iris avec ses posters de chiots partout sur les murs.

Il n'y a pas de posters de chiots.

Cette chambre a une ambiance plus sombre. Les murs sont peints d'un gris standard, mais ils sont ornés de petites affiches à l'ambiance gothique. Il y a une sorte d'atmosphère de sorcellerie ici.

— Reine vaudou, dis-je en dévisageant Bristol.

Elle lève les yeux au ciel.

— Tu as toujours été mélodramatique. Qu'est-ce que tu veux ?

— Je cherche Iris. Chambre 416.

— Tu t'es trompé d'étage, abruti.

Bristol m'empêche de partir, un sourire malicieux sur le visage.

Mon téléphone vibre, je le sors de ma poche et j'aperçois un message d'Iris.

J'attends. Heure d'arrivée ?

— Désolé de l'erreur. Je ne voulais pas te déranger.

Je fais un geste vers la porte derrière elle, et elle éclate d'un rire strident.

C'est un de ces ricanements de sorcière impossibles à ignorer. Oh merde, cette fille va me jeter un sort. Ou peut-être une malédiction. Y a-t-il vraiment une différence ?

— Ta copine ? devine Bristol.

Elle a l'air amusée alors qu'elle me détaille de haut en bas.

— Je t'ai vu jouer ce soir. Tu n'étais pas... mal.

Elle sait vraiment comment me taper sur les nerfs.

— J'ai déchiré sur la glace.

Je la fusille du regard en me rapprochant. Elle ne peut pas m'intimider comme quand nous avions six ans.

Je ne prétends pas être un saint. Bien sûr, je me moquais d'elle, mais c'était une gosse de riche. Ce n'était rien qu'elle ne méritait pas.

Ma sœur jumelle et moi n'étions inscrits que grâce à notre père biologique, que nous ne connaissions même pas avant nos quatre ans. Être projetés dans un nouveau foyer, une nouvelle école, une nouvelle famille, c'était sauvage et turbulent.

J'ai eu quelques années rebelles au début, quand j'ai rencontré cette peste qui se tient devant moi, mais elle a continué à me tourmenter à chaque occasion.

Et, bien sûr, j'ai riposté.

C'est ce que nous, les Moretti, faisons.

— Tu crois avoir bien joué ce soir ?

Bristol croise les bras sur sa poitrine, son maillot des Prédateurs remonte légèrement pendant qu'elle se dispute avec moi.

La peau crémeuse de son ventre et ses taches de rousseur m'interpellent.

Putain non.

Je détourne le regard.

Elle ricane et jette ses mains en l'air.

— Tu vois, tu ne peux même pas me regarder. Tu sais que j'ai raison. Tu as joué comme une merde.

— J'ai marqué un but.

— Un misérable but.

Bristol croise mon regard.

— Ton coéquipier est un bien meilleur joueur de hockey que toi.

J'envahis son espace personnel, mon bras se pose contre la porte pour la bloquer et la garder à ma portée.

— Répète ça, dis-je en grognant.

Bristol me fixe, son regard ne vacillant pas le moins du monde.

— Tu es un joueur de hockey merdique. Ton coéquipier Ricci, lui, il sait comment marquer. Tu devrais prendre des leçons avec lui. Peut-être qu'il t'apprendra comment tenir ta crosse et—

Je me penche et mords ses lèvres. Mon cœur bat follement, hors de contrôle.

Son corps s'immobilise un bref instant avant qu'elle ne succombe et enroule ses doigts dans mes cheveux. Le baiser s'approfondit, ses lèvres s'entrouvrent, et je pousse ma langue dans sa bouche pour l'explorer dans une vague de passion implacable.

Une main sur sa taille et l'autre contre la porte, je la rapproche et la serre plus fort contre moi.

Les mains de Bristol descendent de mes cheveux à ma taille. Elle réussit à nous faire pivoter, sa langue glisse contre la mienne, et putain, ses doigts s'enfoncent dans mes hanches et me griffent.

C'est une bête. Si j'avais su, je l'aurais embrassée il y a des années.

Rapidement et habilement, elle ouvre la porte et me pousse dans le couloir.

— Tu dois partir.

Ses lèvres sont gonflées, sa respiration saccadée.

Je ne sais même pas comment je me suis retrouvé dans le couloir, haletant, mon cœur battant contre ma cage thoracique alors qu'elle me claque la porte au nez.

Mon téléphone vibre à nouveau. Je l'ignore.

— Bristol.

Je ne frappe pas, mais je sais qu'elle peut m'entendre. Elle doit m'entendre parce qu'elle doit penser à *ce baiser*.

Elle ne répond pas.

Je souffle et marche dans le couloir, comme si je faisais la marche de la honte. Je me dirige vers l'ascenseur et jette un coup d'œil à mon téléphone, un autre message d'Iris.

Tu viens toujours ?

Après ce qui vient de se passer entre Bristol et moi, je ne peux pas.

Je dois mettre fin à ce qui se passe entre nous.

Ça semble mal. Et pas parce que je n'ai jamais embrassé deux filles en une nuit, bien qu'habituellement elles soient dans mon lit.

C'est Bristol.

Et elle m'a jeté un sort complètement fou, parce que tout ce que j'ai jamais vécu est pâle comparé à la sensation de ses lèvres brûlantes sur les miennes.

C'est une putain de sorcière, et j'en veux plus.

NEUF

HARPER

J'APPRÉHENDE TOUT le trajet jusqu'à la maison de la famille Ricci. Demain, nous avons rendez-vous pour prendre des photos de notre mariage, et au lieu de venir samedi, notre présence a été demandée dès vendredi soir.

Même si je savais que Luca était censé arriver vendredi et rester jusqu'à dimanche matin, je ne m'attendais pas à ce que Zeke et moi devions également passer tout le week-end là-bas.

Je ne peux pas dire que cette nouvelle me réjouisse.

Zeke dort à l'arrière.

— J'ai entendu dire que vous avez gagné le

match hier, dis-je en jetant un coup d'œil à Luca, qui garde son attention fermement fixée sur la route.

Il arbore un bleu au menton qu'il n'avait pas hier matin. Je désigne la marque :

— Qu'est-ce qui s'est passé ?

— Un risque du métier.

Il me regarde.

— Le hockey, pas la mafia.

S'il essaie de faire une plaisanterie, aucun sourire ni rire n'accompagne son visage.

— Je ne pensais pas que ton père était responsable de ce bleu. Match difficile ?

— Je me suis fait cogner le visage contre le plexiglas plusieurs fois. Ce n'était pas ma soirée.

— Mais vous avez gagné. Ça doit compter pour quelque chose.

Il soupire.

— Ouais, j'ai aussi marqué trois buts.

— Trois ?

Mes yeux s'écarquillent.

— C'est super !

Il pince les lèvres, visiblement préoccupé par autre chose.

Je m'abstiens de poser des questions parce que je sais déjà qu'il ne me dira rien. Il semble que nous ne partagions plus grand-chose ces derniers temps, à part un nom de famille.

Luca jette un coup d'œil à l'arrière, puis ses épaules se détendent.

— Zeke semble aller mieux.

En souriant, j'acquiesce.

— Oui, je devrais probablement remercier ta mère d'avoir appelé le pédiatre pour qu'il se déplace en urgence.

Il change de position et me regarde.

— Tu penses que tu voudras d'autres enfants un jour ?

Sa question me prend au dépourvu.

— Oui, peut-être. Je veux dire, j'aimerais donner un frère ou une sœur à Zeke. Ce serait bien qu'ils soient proches en âge, mais je ne pense pas que nous soyons prêts, ni l'un ni l'autre, pour ce genre d'engagement.

Son regard se durcit.

— J'ai dit quelque chose de mal ?

Luca secoue la tête mais ne répond pas.

— Visiblement, c'est le cas. Tu n'as pas l'air content de ma réponse.

Je me repositionne sur mon siège, me tournant légèrement pour lui faire face. Je déteste qu'il choisisse ce moment pour se disputer avec moi pendant qu'il conduit. Ou peut-être est-ce moi qui cherche la dispute. Luca semble constamment m'éviter.

Le silence remplit le vide entre nous.

— Bon sang, Luca ! Je préférerais que tu te disputes avec moi plutôt que de me faire la tête.

— Je ne te fais pas la tête.

Il me jette un regard.

— Je conduis, et nous disputer ne va pas nous aider quand on devra gérer mes parents ce soir ou les photos demain.

— Qu'est-ce qui nous aiderait alors ? dis-je en attendant qu'il me dise comment réparer ce gâchis.

— Je ne sais pas.

Il y a une honnêteté dans ses paroles, la conviction qu'il est aussi perdu que moi.

Luca monte le volume de la radio, décidant que nous avons suffisamment discuté, ou plutôt pas discuté, et la musique comble le silence dans la voiture.

Alors que nous arrivons chez ses parents, Zeke commence à se réveiller. Quelques flocons commencent à tomber, mais le bulletin météo n'annonce pas grand-chose et la neige tombée la nuit dernière a déjà été déblayée. Les routes étaient dégagées, mais la neige n'avait pas encore fondu.

Je détache Zeke de son siège auto, et Luca porte nos sacs pour le week-end à l'intérieur. Il y a deux sacs, un pour Luca et un que je partage avec Zeke. Même si je jure que la majeure partie du sac appartient à Zeke, avec des vêtements de rechange, des couches et des lingettes.

Zeke babille tandis que je le porte hors du froid et dans le vestibule. Luca retire son manteau et ses chaussures d'un mouvement rapide et laisse les sacs sur le sol près de la porte. Il m'aide à enlever les vêtements d'hiver et les chaussures de Zeke avant de le prendre pour que je puisse retirer mon propre manteau et mes chaussures.

— Il me semblait bien vous avoir entendus, dit Nikki en venant vers nous.

Elle tend les mains vers Zeke et Luca lui confie mon fils.

— Nous allons nous amuser comme des fous, tous les deux.

Nikki dépose des baisers légers comme des plumes sur ses joues et son nez.

Zeke gigote mais pince ses joues, profitant clairement de l'attention.

Nikki s'éloigne avec lui dans le couloir, et je m'empresse de suivre mon fils.

— Où est-ce que vous l'emmenez ?

Ce n'est pas que je ne lui fais pas confiance. En fait, c'est à cent pour cent parce qu'elle est l'épouse d'un chef de la mafia. Je ne fais confiance à aucun d'entre eux, sauf à Luca.

J'aimerais faire confiance à Nikki, surtout qu'elle semble être captivée par mon fils. Je n'arrive pas à déterminer si c'est parce qu'elle aime les bébés ou parce que c'est son nouveau petit-fils.

— Tu veux voir ta nouvelle salle de jeux ?

Nikki cajole Zeke et le porte dans le couloir. À gauche, il y a une porte ouverte, et elle y entre.

Je suis juste derrière elle.

Luca est à quelques pas derrière moi. Il ne semble pas aussi préoccupé, mais Zeke est *mon* fils.

J'entre derrière Nikki, et la pièce est remplie de jouets. Ce ne sont pas tous des jouets neufs. Contre les murs se trouve une bibliothèque blanche, garnie de tout, des poupées aux voitures de course.

— J'ai demandé à Moreno de descendre les jouets des enfants du grenier.

— Tu as gardé nos vieilles affaires ?

Luca entre dans la salle de jeux et embrasse tout du regard, ses yeux parcourant toute la pièce.

— Nous n'avons pas tout gardé, mais il y avait des jouets qui n'ont jamais été donnés et ont été rangés. Vos préférés, à toi et Nova.

Nikki amène Zeke vers la petite table pour enfants et le pose.

Sa tête tourne dans toutes les directions alors qu'il pivote pour tout absorber. Il court vers la cuisine de jeu et commence à sortir toute la nourriture en plastique.

— C'était aussi l'un de tes jouets préférés, s'amuse Nikki.

— Merci.

Je suis choquée que la famille de Luca ait prévu d'avoir une pièce consacrée à Zeke. C'est mon fils, et bien que par le mariage il soit leur petit-fils, il n'est pas de leur sang.

Luca se dirige vers le coin éloigné où une tente pour enfants est installée, la cachette parfaite, c'est pratiquement une forteresse pour un petit enfant. Il se penche pour regarder à l'intérieur.

— Je me souvenais qu'elle était bien plus grande. Nova et moi nous cachions ici pendant des heures.

Nikki sourit faiblement, nostalgique.

— Oui, je m'en souviens.

— Tu savais que c'était le seul endroit où je me sentais en sécurité ?

Luca se tourne et fait face à sa mère, le sourire dépourvu de chaleur.

— Après ce que Dante a fait, c'était le seul

endroit où je savais que personne ne pouvait me voir.

Parce qu'il n'y avait pas de caméras à l'intérieur du fort, pas de surveillance. Je lève les yeux vers le coin de la pièce et il y a une caméra avec une lumière rouge clignotante qui nous enregistre, pour nous surveiller en permanence.

Nikki tapote le bras de Luca.

— Ne revenons pas sur le passé.

Elle force un sourire et se penche au niveau de Zeke.

— Je suis contente que tu aimes les jouets. J'espère que tu aimeras aussi ta nouvelle chambre.

— Une chambre ?

L'air quitte mes poumons.

Nikki se redresse et regarde tour à tour Zeke et moi.

— Tu ne pensais quand même pas que ton fils dormirait dans ton lit ou dans la chambre d'amis, si ?

En fait, c'est exactement ce à quoi je m'attendais. Ce n'est pas comme si j'avais l'intention de dormir ici très souvent. Pour une ou deux nuits, Zeke pourrait partager un lit avec moi. C'est pratiquement ce qui s'est passé depuis le mariage. Luca et moi n'avons pas dormi dans la même chambre, et comme je partage une chambre avec

Zeke, il finit de toute façon par grimper dans mon lit.

Luca étudie mon visage avant de jeter un regard à Nikki.

— Maman, ce n'est vraiment pas nécessaire.

— C'est déjà fait.

Nikki me fait signe de la suivre.

Je me penche pour porter Zeke, mais il proteste.

— C'est bon, tu peux le laisser ici. La pièce a été sécurisée pour les enfants.

Nikki fait un geste vers les murs.

— Les prises ont été protégées, et tous les jouets sont adaptés à son âge. Tout ce qui est trop avancé est placé sur une étagère plus haute qu'il ne devrait pas pouvoir atteindre.

Elle a vraiment pensé à tout.

Je suis réticente à laisser Zeke seul dans cet endroit.

Luca perçoit mon hésitation et pose une main dans mon dos.

— Je vais rester avec Zeke. Maman peut te montrer sa chambre et ensuite tu pourras me la montrer quand je monterai nos affaires.

— D'accord.

Je pousse un profond soupir et accepte de suivre Nikki à l'étage. Je jette un regard par-dessus mon épaule alors que Zeke tend une banane en jouet à Luca. Luca se penche, la prend et fait semblant de la dévorer, ce qui fait rire mon petit garçon.

Nikki me conduit à l'étage. À côté de la chambre de Luca, elle ouvre la porte et me montre la chambre d'enfant soigneusement aménagée pour Zeke. Il y a un lit pour tout-petit, comme celui qu'il a à la maison, contre le mur près de la fenêtre. De l'autre côté se trouvent une commode et un bureau.

Il y a une pile de jouets dans le coin de la pièce et quelques peluches sur le lit.

Nikki s'approche d'une douzaine de livres rangés dans un panier.

— Tout ici est neuf. Les livres, les peluches, nous voulions que Zeke se sente chez lui quand il vient nous rendre visite.

— C'est très gentil de votre part.

Mais tout ce à quoi je peux penser, c'est ce petit garçon qui était enfermé dans leur sous-sol, kidnappé et arraché à sa famille.

Luca m'avait dit qu'il n'y avait aucune trace de l'enfant. Il était descendu au sous-sol quand il avait interrogé Kensley. Le garçon avait disparu.

Mais où avait-il été emmené ?

Je ne pouvais rien faire pour l'enfant disparu,

celui que Dante avait enlevé, mais je pouvais protéger mon propre fils.

— Je devrais redescendre et voir comment vont les garçons.

Je force un sourire.

Nikki me retient par le bras.

— Je sais que ce n'est pas ce à quoi tu t'attendais le jour où tu te marierais, mais nous essayons tous d'accepter ton fils et toi. S'il te plaît, ne fais pas de mal à *mon* fils.

C'est trop tard pour ça.

Luca me déteste déjà.

Le dîner est plutôt sans incident. Moreno et Paige se joignent à nous, mais Nova est sur le campus, et sa compagnie ne m'a jamais autant manqué.

Bien sûr, Ashton est avec elle, ce qui leur donne pratiquement l'endroit pour eux seuls. Ce n'est pas comme si Liam se souciait qu'Ashton et Nova couchent ensemble.

Luca monte nos sacs pendant que je lui montre la nouvelle chambre de Zeke à côté de la nôtre.

— Au moins, elle est proche.

Il pose le sac sur la commode de Zeke avant de se diriger vers notre chambre.

Je fouille dans tout ce qui se trouve dans le sac de week-end, pour prendre une nouvelle couche pour Zeke ainsi que son pyjama.

Au moment où je couche Zeke, lui lis une histoire et l'endors, je suis épuisée. Je suis réticente à le laisser seul, mais il n'y a pas de lit pour moi.

Je m'assieds par terre et m'étire, le dos appuyé contre le mur.

Ce n'est pas confortable, et je suis fatiguée, mais Zeke est tout pour moi, et je ne fais pas confiance à Dante ni aux hommes qui travaillent pour lui.

J'aurais dû prendre un oreiller et une couverture, au moins j'aurais pu dormir par terre.

La maison est étrangement silencieuse.

Il n'y a pas de bruits étranges, pas d'enfant qui gémit comme la première fois où j'ai passé la nuit ici il y a des mois.

Mon corps se détend, et je commence à sombrer dans un sommeil désagréable. Mon cou me fait mal même pendant que je dors, et mes rêves sont remplis de courses à travers la forêt, avec Zeke dans mes bras alors que nous fuyons pour nos vies.

Je me réveille en sursaut, de forts bras sous moi qui me portent alors que je cherche mon souffle.

Mes yeux s'ouvrent brusquement et Luca me regarde.

— Rendors-toi.

Sa voix est rauque, juste au-dessus d'un murmure alors qu'il me tient dans ses bras et me porte vers la porte.

— Et Zeke ?

Ma voix s'étrangle tandis que je jette un regard en arrière vers mon fils, profondément endormi dans son lit.

Luca me porte dans le couloir puis dans sa chambre.

— Il dort. Zeke ira bien.

Luca me pose doucement sur le matelas, et je me glisse sous les couvertures.

— Je reviens tout de suite.

Luca sort de la chambre, et j'entends un léger clic de la porte au bout du couloir.

Mes vêtements sont dans la chambre de Zeke sur la commode. Tant pis pour me changer avant de dormir. Sous les couvertures, j'enlève mon jean et le jette par terre.

Luca revient dans la chambre obscurcie et ferme doucement la porte.

Je suis surprise qu'il soit venu me chercher, qu'il se soit même soucié de vérifier où j'étais pendant la nuit.

Je suis allongée sur le côté, recroquevillée face à Luca tandis qu'il grimpe dans le lit à côté de moi.

— Je m'inquiète pour Zeke, dis-je dans un murmure.

— Pourquoi ? demande-t-il.

Il se tourne sur le côté, face à moi.

— Il dort.

— Tu as oublié ce petit garçon, celui que ton père gardait dans le sous-sol ?

Luca grimace et fronce les sourcils alors que son front tressaille.

— Zeke ira bien. Tu as ma parole.

— Et s'il se réveille et part à ma recherche ?

Je n'aime pas l'idée que mon fils puisse errer seul dans la maison.

Mais ce n'est pas ma seule crainte.

N'importe lequel des hommes de Dante, ou le patron de la mafia lui-même, pourrait entrer dans la chambre de Zeke et lui faire du mal.

La terreur remplit mes poumons comme un poison, rendant impossible de respirer.

Je lutte pour reprendre mon souffle, haletant comme si je me noyais et avais désespérément besoin d'air.

La main de Luca effleure mon bras puis se pose

fermement sur ma peau nue. Son toucher est simple mais efficace, m'aidant à respirer, mais ses mots sont beaucoup plus tranchants.

— Tu t'inquiètes pour rien. Notre mariage vous gardera en sécurité, lui et toi.

Je me rapproche avec l'envie de le tenir, de l'embrasser, de ressentir autre chose que le vide et la peur qui remplissent l'espace entre nous.

— Reste de ton côté.

Sa mâchoire se crispe et il se retourne sur le dos, déterminé à maintenir la distance entre nous. Il y a de la frustration dans ses mots, sur son visage, alors qu'il s'éloigne de moi, et je me sens glacée.

Tout sentiment de réconfort est rapidement effacé.

— Dors, Harper. La journée de demain va être longue. On ne voudrait pas décevoir Dante.

J'ai déjà déçu ses parents. Je doute qu'ils m'apprécient un jour, mais je suppose que s'ils m'acceptent et ne causent pas de tort à Zeke, à moi-même ou à mes proches, je pourrai vivre avec ça. Je ne veux pas être ici, mais ce n'est pas comme si j'avais vraiment le choix. Quand les Ricci donnent un ordre, on obéit.

Samedi matin, je suis escortée à l'étage avec Nikki.

Zeke est collé à ma hanche, même s'il se tortille et veuille être posé par terre.

J'ignore ses petites protestations et le chatouille pour essayer de changer son humeur.

Ça ne l'aide pas. Il me fait penser à comment un petit Luca aurait pu se comporter autrefois, lorsqu'il n'obtenait pas ce qu'il voulait et boudait tout le temps.

— Tu veux que je le tienne ?

Nikki tend ses mains et m'offre de prendre Zeke.

Les yeux de Zeke s'élargissent, et il se jette volontairement vers elle alors que je lutte pour le retenir.

Que je le veuille ou non, Zeke a déjà pris sa décision. Nikki va le porter.

— Merci.

Je le lui remets, et il recommence le même jeu de tortillement avec elle.

Finalement, elle le pose au sol.

La porte de la suite est fermée, donc Zeke ne va nulle part sans que l'une d'entre nous ne le remarque d'abord.

Je prends la robe de mariée, enlève mes vêtements et me glisse dans la robe.

C'est étrange de mettre cette robe maintenant que Luca et moi sommes déjà mariés.

Je suppose que je ne fais jamais rien comme tout le monde. J'ai eu Zeke bien avant de me marier.

— Laisse-moi m'occuper de la fermeture.

Nikki s'approche, et j'attrape mes longs cheveux pour les remonter et les tordre en un chignon que je maintiens avec mes mains.

Elle remonte la fermeture de la robe, puis sourit tandis que je tourne lentement pour lui faire face. Je relâche mes cheveux et laisse les ondulations cascader dans mon dos.

— Elle te va à merveille. Les photos vont être magnifiques aujourd'hui ! J'ai hâte qu'on les partage avec tout le monde.

Je savais que les photos de mariage concernaient moins les clichés eux-mêmes que la preuve de notre mariage. Je ne suis simplement pas sûre à qui nous devons le prouver, à la famille mafieuse ou à quelqu'un d'autre ?

— Je vais demander à Paige de venir t'aider pour tes cheveux.

Nikki se dirige vers la porte.

— Elle fait de superbes chignons. À moins que tu préfères les garder détachés pour les photos ?

Sa main repose sur la poignée, et Zeke est juste

derrière elle, prêt à s'enfuir de la pièce dès qu'elle ouvrira la porte.

Nikki soulève Zeke dans ses bras et l'emmène avec elle dans le couloir.

Silencieusement, je la suis et je regarde comment elle se fraye un chemin à travers le labyrinthe de pièces au troisième étage et frappe à une porte de chambre fermée.

Un moment plus tard, Paige passe sa tête par l'entrebâillement en se frottant les yeux.

— Je t'ai réveillée ?

— Ce n'est rien.

Paige fait un geste dédaigneux de la main. Elle resserre sa robe de chambre autour d'elle.

— Qu'est-ce qu'il te faut ?

Trente-cinq minutes plus tard, mes cheveux et mon maquillage sont terminés, et je vis mon moment façon Cendrillon quand Luca se présente à la porte de la chambre où je me suis préparée, une paire d'escarpins délicats à la main.

— Tu es beau.

Je n'arrive pas à détacher mon regard de Luca, sauf pour le déshabiller mentalement.

Debout là, il tient les escarpins argentés par les lanières.

— Je t'ai apporté des chaussures.

Il ne reconnaît même pas mon compliment et ne fait aucune mention de comment je suis dans ma robe de mariée.

Cependant, sa pomme d'Adam monte et descend quand il déglutit, et sa mâchoire se contracte comme s'il serrait les dents de plaisir.

— Tu n'étais pas obligé.

Je prends les escarpins de ses mains et m'assieds au bord du matelas.

— Si. Dante a insisté pour que je te les apporte.

Il n'y a pas de sourire sur son visage. Aucun signe de bonheur dans son attitude, et je ne peux m'empêcher de détester être la raison de son malheur.

— Merci.

J'enfile les chaussures puis me lève prudemment, m'assurant de ne pas tomber la tête la première.

— Le photographe est déjà en bas.

Luca reste près de la porte ouverte. Il ne met pas un pied dans la chambre, mais il ne s'éloigne pas non plus. Il semble hypnotisé, à me fixer du regard, mais il n'a pas l'air heureux.

— Je suis prête.

Je me dirige vers lui, et Nikki est juste derrière moi pour tenir la traîne de ma robe de mariée.

Luca s'écarte, attrape Zeke alors que ma petite

terreur sort en courant de la pièce, et il le porte dans les escaliers avec nous.

Je fais attention dans les marches, tenant la rampe tandis que je descends l'escalier principal, bien que mon attention soit portée sur Zeke et Luca plusieurs marches devant moi.

Une fois que nous avons rejoint le photographe, Nikki et Paige s'occupent de Zeke pendant que nous passons d'une pose à une autre.

La plupart ne sont pas trop terribles. Nous parvenons tous les deux à forcer un sourire. La plus gênante est celle où on nous demande de nous regarder dans les yeux.

Luca me lance des regards assassins. Il n'y a aucun regard aimant, aucune étreinte chaleureuse.

Tout avec Luca est glacial jusqu'à la moelle.

Le photographe grommelle après avoir examiné les images sur son appareil numérique.

— Ça ne fonctionne pas pour moi. Nous allons devoir en prendre plus.

— Sérieusement ?

La frustration de Luca reflète exactement ce que je commence à ressentir.

— Votre femme est parfaite. Absolument sans défaut. Ce sourire pur et ces yeux magnifiques. Elle est comme le paradis sur toile. Vous, en revanche…

Le photographe soupire et ajuste les réglages de son appareil, évitant de terminer sa phrase.

Luca grogne en s'avançant vers l'homme, les yeux plissés et les poings serrés.

— Est-ce que c'est votre habitude de draguer toutes les femmes que vous photographiez ou juste ma femme ?

Ma bouche s'assèche. Je regarde le photographe et Luca, face à face, prêts à se battre. Le photographe est maigre et ne fait pas le poids face à mon mari.

Néanmoins, les mots de Luca me choquent.

Le fait qu'il se comporte de façon si protectrice est surprenant. Je ne peux m'empêcher de le regarder, le souffle coupé.

Il doit jouer la comédie.

Parce que quand le photographe a dit des choses vraiment gentilles, je me serais attendue à ce qu'il le fasse taire et commente qu'il ne me connaît pas comme Luca me connaît.

Je m'avance et pose une main sur le bras de Luca, désespérée de briser la tension avant que quelque chose d'autre ne casse.

— Chéri, pourquoi est-ce qu'on ne prendrait pas cinq minutes de pause ?

Luca fusille le photographe du regard.

— Est-ce qu'on vous paie à l'heure ?

— Oui, votre père.

Il jette un coup d'œil à sa montre pour surveiller le temps mais sans se presser le moins du monde.

— Alors nous ne prenons certainement pas de pause pour donner un centime de plus à cet imbécile.

Luca bouillonne de colère, et je saisis sa main pour le tirer plus près et essayer de le calmer.

Bien que je sois probablement la pire personne pour l'apaiser puisque j'ai cette capacité déconcertante à l'amener à s'énerver, se battre, me détester.

Quand je touche sa main, mon propre corps se détend, son énergie chaleureuse et réconfortante, et je m'approche pour réduire la distance entre nous.

Instinctivement, il se penche vers moi quand je viens poser mon front contre le sien.

J'entends le clic d'une autre photo mais j'ignore le photographe. Je tends la main, mes doigts effleurent les joues de Luca pour essayer d'adoucir ses traits, la colère qui s'est installée dans la tension de son cou et de ses épaules.

Mon cou est encore douloureux depuis la nuit dernière quand je me suis endormie contre le mur dans la chambre de Zeke, mais j'ignore la douleur.

Ce que je ne peux pas ignorer, c'est l'expression tendue sur le visage de Luca.

J'esquisse un sourire ironique et je fais glisser mes mains jusqu'à ses hanches.

— Embrasse-moi, dis-je dans un murmure, espérant que peut-être je peux faire fondre la tension pour nous deux.

— Quoi ?

Luca me regarde comme si j'avais perdu la tête.

— Votre femme vous a demandé de l'embrasser.

Le photographe n'a pas la moindre idée que nous sommes malheureusement mariés. Il prend une autre photo, mais je ne peux qu'imaginer que Luca a l'air constipé ou exaspéré.

Dans tous les cas, les photographies ne seront pas utilisables.

Un soupir s'échappe des lèvres de Luca, puis je sens son souffle se mêler au mien, en attente.

Je passe mes doigts dans ses cheveux, et il ferme les yeux. Il y a une profonde tristesse, et ça aide de ne pas la sentir me fixer en retour.

Je me penche pour l'embrasser, ayant besoin de son goût, dans l'espoir qu'il jouera le jeu au lieu de me repousser.

Le baiser est d'abord hésitant, doux, curieux.

Son corps fond contre le mien, l'extérieur glacial

s'effondre alors qu'il me serre plus fort, plus près, et m'embrasse profondément.

J'entends le clic, clic, clic de l'appareil photo.

Luca rompt le baiser et fusille le photographe du regard.

— On ne vous offre pas un spectacle gratuit, grogne-t-il.

Un léger sourire s'étale sur mes lèvres. Même si Luca fait semblant d'être amoureux de moi, je le prends. Ses mots font papillonner mon ventre et mon corps frissonne.

Le pouce de Luca effleure ma lèvre inférieure, son regard fixé sur ma bouche.

Mon cœur s'accélère, et mes sens sont submergés. Veut-il m'embrasser à nouveau ?

Comme il serait facile de me perdre en lui.

Ces baisers, ces caresses, ces moments au lit avec lui me manquent.

Le photographe parcourt sa pellicule, s'arrête et zoome.

— Je pense que quelques-unes feront l'affaire. À moins que vous ne vouliez d'autres clichés ? On peut s'arrêter là si vous êtes tous les deux satisfaits.

Luca se défait de mon étreinte et s'approche à grands pas.

— Laissez-moi voir les photos.

Le photographe fait défiler les photos sur l'écran numérique, et la mâchoire de Luca est tendue. Les dernières images doivent être meilleures que les premières que nous avons prises.

Même Luca semble se détendre en les examinant et en constatant qu'elles ne sont pas toutes mauvaises.

— Nous avons terminé.

Luca se retourne et quitte la pièce. Il semble qu'il me laisse derrière jusqu'à ce qu'il se retourne à la porte et jette un regard par-dessus son épaule.

— Tu viens ?

Il est bref et encore un peu irritable.

Jaloux ?

Est-ce ce qui suinte après le compliment que le photographe m'a fait ?

— Bien sûr.

Je souris et suis Luca.

Juste à l'extérieur de la pièce, Paige et Nikki divertissent Zeke en faisant rouler une balle d'avant en arrière avec lui, ce qui semble retenir son intérêt.

Du moins jusqu'à ce qu'il me repère.

— Maman !

Zeke laisse la balle derrière lui et se précipite vers moi, trébuchant alors qu'il se jette sur moi et s'emmêle dans l'ourlet de la robe et la traîne, qui s'est enroulée sous mes pieds sans l'aide de personne.

Je me penche pour soulever Zeke dans mes bras.

— Tu as été sage pour Maman ? dis-je en espérant que Nikki et Paige soient honnêtes avec moi.

— Il est toujours un délice.

Nikki se lève et frotte le dos de Zeke pendant que je le tiens.

— Ça me rappelle quand Luca était si petit.

Zeke enfouit ses mains dans ma poitrine puis son visage en fermant les yeux.

Paige se lève du sol avec un bâillement et s'étire.

— Je pense que quelqu'un est prêt pour une sieste... Zeke.

Elle précise rapidement quand son bâillement me rappelle que je suis épuisée aussi.

— Vous avez bien dormi ?

Nikki regarde de Zeke à moi.

— Il a très bien dormi.

Je n'ai pas besoin de lui mentir ou d'expliquer que j'avais trop peur de m'endormir ici à nouveau.

Luca met un bras autour de mes épaules.

— J'ai très bien dormi aussi.

Le sourire sur son visage semble presque sincère, mais je ne peux m'empêcher de me sentir trahie.

Il ment à sa mère et à Paige.

— Tu m'as mis directement au lit.

Il m'attire pour un baiser devant elles, et je ne peux m'empêcher de me pencher vers lui, sachant que ce n'est pas réel mais je m'en fiche.

Mon cerveau me hurle qu'il me déteste, mais sa langue glisse entre mes lèvres et mon corps s'échauffe sous son toucher.

Nikki s'éclaircit la gorge.

— Peut-être qu'on devrait vous laisser un peu d'intimité.

Elle prend Zeke avec elle tandis qu'elle et Paige se dirigent vers le couloir.

Une fois qu'elles sont hors de portée de voix, je lève un sourcil interrogateur vers lui.

— Je t'ai mis au lit ?

Je le fusille du regard.

— Je n'arrive pas à croire que tu aies suggéré à ta mère que nous avons fait *ça* sous son toit !

L'embarras me submerge et fait brûler mes joues.

— Ce ne serait pas la première fois.

Luca me fixe et ses doigts effleurent ma joue.

Cette chose entre nous, cette chaleur qui crépite, ce n'est pas réel.

Je ne comprends simplement pas pourquoi il fait semblant.

— Qu'est-ce que tu fais, Luca ?

Je sais que ses sentiments ont diminué, ou peut-être qu'il ne m'aime plus du tout.

Il n'y a que nous deux. Pas de public. Pas de spectacle à donner. D'ailleurs, Nikki et Paige ne peuvent pas honnêtement croire que c'est le paradis entre nous.

J'incline la tête pour regarder Luca. J'ai envie de le confronter, de me disputer avec lui, de crier et de lui dire qu'il peut tromper sa mère, mais pas moi.

Et c'est là que je le vois. Il relève mon menton vers son regard.

— T'embrasser, ça me...

Son souffle est rauque, et il se penche à nouveau.

— Je ne peux pas m'arrêter après y avoir goûté. Je désire ardemment ton toucher, ton goût, la douce odeur de ta peau.

Ses mots me parcourent le corps en frissons. Ses doigts détachent la pince dans mes cheveux et libèrent mes boucles qui tombent en vagues sur mes épaules.

Il prend une poignée de mes cheveux pour

relever mon visage et il me tient, me gardant sous son emprise.

— Dis-moi d'arrêter, que tu ne veux pas de ça.

Mais je le veux ; je le veux lui, plus que je n'ai jamais rien voulu.

— Jamais.

Il gémit, lutte contre le désir mais échoue tandis que ses lèvres conquièrent les miennes, et je me détends sous son toucher, ma bouche s'ouvrant alors qu'il approfondit le baiser.

Il m'a manqué, tout cela m'a manqué, ces doux moments volés, le simple contact de sa main sur ma joue en train de glisser vers ma nuque alors qu'il approfondit le baiser.

Il me guide contre le mur et ses lèvres se déplacent le long de ma clavicule, sucent et mordillent la peau. Il embrase mon corps.

— Dada ! s'écrie Zeke depuis le coin du couloir en accourant vers nous.

Luca se fige, son corps se raidit et il rompt le baiser. C'est comme si l'ambiance venait de disparaître à cause d'un simple mot. Ou peut-être est-ce l'arrivée en trombe de mon fils qui met Luca mal à l'aise.

— Désolée !

Paige poursuit Zeke.

— Je ne voulais pas vous interrompre. Nikki a disparu dans la salle de bain, et Zeke ne tenait pas en place deux minutes.

Ça ressemble bien à mon fils. En expirant, je force un sourire.

— Ce n'est pas grave.

Je tends les bras vers Zeke, le soulève et le retourne dans mes bras pour lui faire des bisous papillon sur le nez et les joues.

Il pousse des cris de joie et tend ses bras vers Luca.

— Dada ! scande-t-il à nouveau, et cette fois Luca le prend avec un sourire gêné.

— Tu es sûr de savoir ce que ça veut dire ?

Luca frotte son nez contre celui de Zeke, et je jure que je tombe un peu plus amoureuse d'eux deux chaque jour.

Des pas lourds résonnent sur le sol, et je regarde dans cette direction. Ça ne ressemble pas à Nikki.

— Est-ce que nous avons terminé ?

Moreno n'offre pas de sourire, aucune trace de chaleur.

— Ton père veut que je ramène Harper et Zeke sur le campus quand le photographe aura fini.

— Je dois me changer.

Je fais un geste vers la robe que je porte.

— Bien sûr.

Moreno hoche la tête. Pas de sourire. Pas de mots gentils. Pas même une conversation polie sur le photographe et les photos que nous devions prendre.

— Je vous attendrai dans le hall d'entrée dans dix minutes.

Il ne me laisse pas beaucoup de temps.

— Je vais surveiller Zeke pendant que tu te changes.

Luca continue de câliner Zeke, mais dès que je commence à sortir dans le couloir pour aller vers les escaliers, Zeke commence à s'agiter.

Il n'y a pas encore de larmes, mais elles sont inévitables.

— Mama ! crie Zeke.

Ça me brise le cœur. Certains matins, quand je le dépose à la garderie, j'entends les mêmes sons, et ça me déchire de l'intérieur.

Les lundis sont toujours les pires, après que Zeke et moi avons passé tout le week-end ensemble.

— C'est bon. Je peux le prendre.

Je tends les bras, et Zeke grimpe sur moi comme un singe mais refuse de lâcher prise.

— Tu peux me montrer quelle pièce c'est encore ?

Les joues de Zeke sont rouges, ses yeux brillants, et il exhale un lourd soupir une fois dans mes bras. Il pose sa tête sur mon épaule, et ses yeux se ferment. Il aurait besoin d'une sieste. Ça fait deux d'entre nous.

— Bien sûr.

Luca marche à côté de moi jusqu'à ce que nous atteignions l'escalier.

— Laisse-moi prendre Zeke.

— Tu es sûr que ça ne te dérange pas ?

Gérer les talons et la traîne de la robe de mariée est déjà assez difficile, mais le faire en montant deux étages tout en portant Zeke n'est pas sage.

Luca doit réaliser le dilemme aussi.

— Je ne veux pas qu'il arrive quelque chose à Zeke ou à toi. Nous irons bien, m'assure-t-il. Toi, avec ces talons élégants et cette robe, tu dois faire attention.

— D'accord.

Je lui confie à nouveau Zeke, et cette fois il ne s'agite pas puisque le petit me garde dans son champ de vision tout le temps.

Luca me conduit au troisième étage et jusqu'à la suite où je m'étais habillée avec la robe de mariée plus tôt dans la matinée.

Il ouvre la porte de la suite, et j'entre.

— Tu peux entrer et m'aider avec la fermeture éclair ?

Sans un mot, Luca entre dans la pièce derrière moi avec Zeke et ferme la porte.

— Tourne-toi.

Il fait un geste avec son doigt.

J'entends le léger bruit de petits pieds quand il pose Zeke au sol.

Les mains de Luca caressent mes cheveux et les poussent d'un côté sur mon épaule avant de descendre graduellement la fermeture éclair de ma robe de mariée.

Je laisse la robe tomber au sol et en sors en poussant un soupir de soulagement. Je soulève le tissu et le replace sur le cintre.

— Mama ! s'écrie Zeke en courant vers moi pour s'agripper à mes jambes.

Luca couvre les yeux de Zeke.

— Ne regarde pas, mon grand.

Je ris et secoue la tête tout en attrapant mes vêtements de plus tôt.

— Pourquoi pas ?

— Il ne devrait pas voir sa mère nue.

Je baisse les yeux vers mes sous-vêtements.

— C'est ça, être nue ?

J'incline la tête sur le côté.

— Toi et moi avons une définition différente.

J'enfile mon pull par-dessus ma tête et attrape mon jean.

— Et tu ne me vois pas couvrir tes yeux.

Luca sourit.

— Oh, allez, on a dépassé tout ça.

Mon regard se durcit.

— Vraiment ? dis-je en m'approchant pour entrer dans son espace personnel. La dernière fois que j'ai vérifié, on ne couchait pas ensemble. Ce qui signifie que tu n'as aucun droit de me voir nue.

Son sourire s'estompe, mais il ne tressaille pas ni ne détourne le regard. Il me transperce du regard, et cela envoie un frisson le long de ma colonne vertébrale.

— Nous sommes mariés.

— Par contrat seulement.

C'est la raison pour laquelle je portais ma robe de mariée il y a quelques minutes, nous respectons tous les deux un accord juridiquement contraignant.

Luca se penche, son souffle me taquine et me donne envie de l'embrasser. Son regard se pose sur mes lèvres, mais il ne franchit pas la distance. Il plane et attend, prolongeant l'insupportable tension pour me tourmenter.

— C'est quand même un mariage très réel.

Je ricane.

— Tu as raison, ça l'est. Mariés et pas de sexe. On dort dans des chambres séparées. Ça ressemble tout à fait à un mariage typique.

Je fais un pas en arrière, mon cœur battant presque à sortir de ma poitrine.

Il grommelle et m'attrape par la hanche pour me tirer plus près.

— Tu sais que ce n'est pas ce que je voulais dire.

— Vraiment ?

J'incline la tête en le regardant.

— Je ne veux pas *ce genre* de mariage avec toi.

Mon souffle se coince dans ma gorge quand je lui demande :

— Qu'est-ce que tu veux, Luca ?

DIX

DANTE

JE CLAQUE LA PORTE, passe une main dans mes cheveux et fixe ma femme du regard. J'aimerais la plaquer contre cette porte avec autre chose que mon regard, mais elle bouillonne de rage, et cette colère dirigée contre moi est terriblement excitante.

Un peu d'espace n'est pas une mauvaise idée en ce moment, sinon je vais la dévorer, et elle pourrait bien me trancher la tête, une expérience qu'aucun homme ne souhaite vivre.

— Je n'arrive pas à y croire ! s'exclame Nikki en me fusillant du regard.

Elle parvient à être face à moi, bien qu'elle soit techniquement beaucoup plus petite que moi. Elle lève les yeux vers moi, son regard sauvage, et je jurerais voir de la vapeur émaner de son corps.

Cette chaleur accélère mon pouls, tout comme le désir dans ses yeux.

Sa colère trahit toujours son corps et éveille son désir pour moi.

Je connais chaque centimètre de Nikki. J'ai goûté chaque parcelle de sa peau, centimètre par centimètre.

Elle m'appartient.

Même sa colère est mienne.

Nous ne sommes pas si différents.

Nikki a été élevée par un père qui dirigeait une organisation mafieuse rivale. Il est mort maintenant. Je ne peux pas dire que ce fait me rende triste. C'était un monstre qui m'a vendu sa propre fille.

— Arrête de me regarder comme ça.

Nikki frappe ma poitrine de sa main et me repousse.

— Tu as l'air de vouloir me sauter dessus. Tu devrais être en colère aussi !

Je prends une respiration pour me calmer. Pas que ça serve à grand-chose.

— En colère à propos de quoi ?

Je penche légèrement la tête et la regarde d'un air incrédule.

Bien sûr que je suis en colère et que je bouillonne intérieurement.

Luca et Harper sont clairement en conflit. Les jeter dans un mariage aussi rapidement n'était peut-être pas la meilleure idée.

Nikki voulait un mariage rapide.

Je voulais juste que Luca travaille pour moi.

Un mariage était un petit bonus, parce que Harper est manifestement fertile, et j'aimerais voir mon fils avec un héritier avant de mourir.

— Il la déteste !

Nikki s'éloigne de moi pour arpenter la longueur de mon bureau.

— Je pensais qu'un mariage en février dissiperait leur chagrin et leur ferait réaliser qu'ils ont encore des sentiments l'un pour l'autre.

— Ça fait une semaine, chaton.

Le regard de Nikki se durcit quand j'utilise le surnom que je lui ai donné il y a des années. La plupart du temps, elle l'aime, mais pas en ce moment.

Il semble que j'ai mis en colère mon petit chaton.

— Ont-ils seulement partagé une chambre hier soir ? demande Nikki.

— Il l'a portée jusqu'au lit au milieu de la nuit.

Les caméras ont capté leur interaction à l'extérieur de la chambre.

Un de mes hommes m'a informé de cette nouvelle ce matin.

— C'est... quelque chose, murmure-t-elle en cessant de faire les cent pas. Peut-être qu'il y a encore de l'espoir pour eux.

— Il y a toujours de l'espoir. N'abandonne pas. Ils ont juste besoin de plus de temps pour raviver la flamme. Je pourrais les envoyer en lune de miel.

Nikki lève une main.

— Gardons ça pour leur cadeau de premier anniversaire, quand ils nous feront confiance avec Zeke.

— En supposant qu'ils tiennent un an.

Même si notre famille ne tolère pas le divorce, ils pourraient facilement vivre des vies séparées. Cependant, je ne veux pas que mon fils envisage cette option.

— J'essaie. J'ai fait réaménager la chambre de Zeke et installer une salle de jeux au rez-de-chaussée.

Nikki me lance un regard noir.

— Qu'est-ce que tu as fait, toi ?

— J'ai payé pour ce foutu mariage.

Je suis toujours amer que Harper se soit enfuie et ait humilié mon garçon.

La vengeance bout dans mon sang.

Trahir la mafia a un coût, un prix élevé qu'elle sera forcée de payer.

Quand le moment viendra, je la ferai payer.

Ou mieux encore, mon fils s'en chargera.

Nikki se perche au bord de mon bureau et recule pour s'asseoir sur le bois, ses jambes pendant sur le côté.

La chaleur monte en moi en la voyant sur *mon bureau*.

Je m'avance vers elle et je bloque son échappatoire, mes jambes entre les siennes pour écarter davantage ses jambes.

Un sourire malicieux se dessine sur son visage, comme si elle avait tout planifié depuis le début.

Mon *chaton*.

Elle attrape ma cravate et me tire vers elle, ses lèvres me taquinent sans m'embrasser, pas encore.

Je vais la faire m'embrasser.

La bouche de Nikki s'entrouvre, et elle me regarde avec un regard brûlant, une main sur ma cravate, l'autre sur ma joue alors qu'elle effleure ma barbe naissante.

— Je veux que tu me baises comme avant, quand tu me détestais.

Je ne peux m'empêcher de sourire.

— Je ne t'ai jamais détestée, pas même un instant.

— Même quand j'étais enceinte et que j'essayais de m'échapper ? demande-t-elle.

Elle se penche en arrière sur le bureau et ses mouvements me tirent plus près d'elle.

Mes mains se plaquent fermement contre le bois pour la clouer sur place.

— C'était dans ces moments-là que je t'aimais mille fois plus, parce que je savais que tu n'irais pas à dix mètres de moi. Je ne t'aurais jamais laissée fuir. Et si tu t'étais échappée, je t'aurais traquée et ramenée à la maison avec notre bébé.

Elle m'embrasse, sa langue sauvage et son corps libre. Ses bras s'accrochent à moi comme le chaton qu'elle est, ses jambes s'enroulent autour de mes hanches tandis que sa bouche se soude à la mienne.

Putain, sa ferveur est brûlante.

Elle frotte ses hanches contre mon entrejambe, et j'inspire brusquement, rompant le baiser.

Je veux l'embrasser, la goûter, dévorer chaque centimètre d'elle. Ma bouche descend sur son cou et dépose des baisers ardents tout en haletant.

Après toutes ces années ensemble, elle sait toujours comment me mettre en feu.

Mes doigts s'affairent sur les boutons de son chemisier, repoussant le tissu de ses épaules pour le laisser tomber au sol.

Une traînée de baisers le long de sa clavicule la fait gémir tandis que je descends plus bas. Je dégrafe son soutien-gorge et j'embrasse ses épaules tandis que les bretelles glissent et que le tissu tombe au sol.

Elle soupire doucement, et mes lèvres reviennent sur sa poitrine, une main caressant et taquinant son sein, l'autre effleurant délicatement la ceinture de son pantalon tandis que mes doigts se dirigent habilement vers le bouton.

— Tu fais toujours ça, murmure-t-elle.

Ses doigts s'emmêlent dans mes cheveux, et je m'arrête, mes lèvres juste au-dessus d'un téton.

— Tu veux que je m'arrête ?

Elle gémit et secoue la tête négativement.

— J'ai besoin d'une confirmation, chaton.

J'aime toujours l'entendre parler pendant l'amour. Chaque mot et chaque son sensuel me font vibrer intérieurement.

— Si tu t'arrêtes, je te tuerai moi-même.

Il y a un léger grondement dans sa voix, et je sens mon cœur s'accélérer.

— Je ne savais pas qu'il y avait quelqu'un d'autre dans la pièce pour me tuer.

Je ris, et elle grogne.

— Chaton, si tu continues comme ça, je vais faire ça *vraiment très vite.*

Ma queue tressaille.

Elle m'a indéniablement enroulé autour de son doigt. Même si je ne l'admettrais jamais. Cela me ferait paraître faible.

— La rapidité n'est pas un problème, tant que tu es en moi.

Elle me repousse légèrement et déplace ses mains vers son pantalon. Elle défait le bouton puis remue les hanches pour se libérer de son pantalon et de sa culotte d'un seul mouvement rapide.

Je défais ma ceinture et me débarrasse de mon pantalon, qui tombe au sol.

— Tu as bien fermé la porte du bureau à clé ? demande Nikki en regardant derrière moi.

Je ne m'en souviens pas, putain.

— Oui.

Je ne vais certainement pas m'arrêter maintenant pour vérifier. Et mes hommes savent qu'il ne faut pas entrer sans s'annoncer. Surtout quand je baise ma femme.

Ses cris seront un indicateur suffisant pour qu'ils reculent et restent dehors.

Mes doigts taquinent son entrée. Elle est déjà humide, les jambes largement écartées pour moi, une vision paradisiaque.

Je glisse deux doigts en elle, son humidité les enrobe tandis qu'elle fait onduler ses hanches et laisse sa tête basculer en arrière. Son dos s'arque, et elle se resserre autour de mes doigts.

— Tu essaies de jouir sans moi ?

Je la regarde fixement, et un sourire malicieux traverse son visage tandis que je recourbe mes doigts de la façon qu'elle adore absolument.

— C'est tellement bon quand tu fais ça.

Sa respiration se bloque dans sa gorge et s'accélère.

Je me penche pour lécher ses jus tandis que je retire mes doigts, ce qui lui arrache un gémissement de protestation.

— Je veux ta queue en moi.

Ses mots sont comme du miel pour un ours, et je suis prêt à bondir et à prendre ce qui me revient de droit.

— Dis-le.

— Baise-moi. J'ai besoin que tu me baises, murmure-t-elle, les paupières mi-closes.

— Supplie-moi.

— Putain, Dante.

Nikki est au précipice et c'est moi qui la fais vaciller au bord.

— Ce n'est pas supplier, chaton.

Sa voix devient désespérée, et ses ongles griffent mon torse, cherchant à rejoindre ma queue.

— S'il te plaît, baise-moi.

Un sourire se dessine sur mes lèvres tandis que je caresse ma queue en taquinant son entrée et que je laisse ses jus recouvrir mon gland. Je frappe plusieurs fois avec mon gland contre sa chatte et ses hanches tressautent.

— Tu vas me tuer si tu me fais attendre plus longtemps.

Elle est impatiente, et j'ose admettre que j'aime son besoin quand il s'agit de me désirer.

— Je ne voudrais jamais te faire de mal, dis-je d'une voix rauque en glissant lentement ma queue dans sa chaleur.

Elle écarte les jambes plus largement, son dos s'arque tandis que je remplis son corps et elle enroule ses jambes autour de moi pour prendre chaque centimètre de moi, me tirer plus fort et plus profondément.

— Putain, il était temps, murmure-t-elle en me claquant les fesses.

Je ris doucement et glisse un bras sous elle contre son dos, et l'autre reste emmêlé dans ses cheveux pour en tenir une poignée tandis que je garde tout le contrôle.

Je tire doucement, juste assez pour lui faire savoir que c'est moi qui commande, et elle gémit et soupire.

Ses bruits me rendent complètement fou.

Chaque inspiration saccadée m'excite encore plus.

Ses joues s'enflamment, et son corps s'agrippe à moi. Ses ongles griffent mes fesses, remontent le long de mon dos, me tirent contre elle alors que j'essaie de prendre le commandement.

Putain.

Ses hanches bougent contre les miennes, et la sensation est absolument glorieuse alors que son intérieur se resserre autour de ma queue, tressaillant et se contractant.

— N'ose même pas jouir maintenant, dis-je dans un grognement.

Nikki gémit, et les pulsations cessent momentanément tandis qu'elle se redresse et mord mon cou, laissant une marque sur ma peau.

— Putain.

Depuis toutes ces années ensemble, elle ne m'a jamais mordu délibérément.

Cette sensation me fait la pilonner plus fort, plus vite, désirer encore plus d'elle si c'est possible.

Je suis en elle, et j'en veux encore plus.

J'ai son cœur, son corps, et pourtant le désir me submerge.

Mes mains trouvent les siennes, les plaquent contre le bureau, ma bouche couvre la sienne, ma langue pousse à l'intérieur, au-delà de ses lèvres.

Ses hanches maintiennent un rythme régulier en se soulevant contre moi, et les miennes suivent la cadence pour la baiser sauvagement, sans retenue.

Le gémissement déchire son corps et la traverse à la vitesse de l'éclair tandis que son sexe se contracte autour de ma queue.

C'est la sensation la plus incroyable, et cette fois je ne l'arrête pas.

— Jouis pour moi, chaton, dis-je à son oreille avant de couvrir sa bouche avec la mienne à nouveau.

Sa langue cherche la mienne, ses doigts serrent ma main alors que je la maintiens fermement pressée contre le bureau en bois, son corps enroulé autour de moi.

La sensation de son intérieur qui palpite et ses gémissements me font chavirer.

Je suis là avec elle, précipité dans l'abîme, en train de tomber dans l'oubli, de gémir et de scander son nom tandis que la chaleur m'envahit et que je lâche enfin prise.

Haletant, le cœur battant contre ma poitrine, je desserre lentement mon emprise sur ses mains et me retire d'elle.

Nikki commence lentement à se redresser, mais je la guide pour qu'elle reste allongée.

— Non, chaton. Reste comme ça.

Je prends son chemisier et le lui offre comme oreiller pour sa tête.

J'écarte ses jambes et je souris à la vue de ma semence qui s'écoule de son sexe.

Elle rit et me lance un regard noir.

— On ne va pas avoir un autre bébé, souffle-t-elle d'un ton espiègle en se redressant et en me poussant de côté.

J'ai envisagé de jouer avec ses pilules contraceptives, de les jeter dans les toilettes pour m'assurer de lui faire un bébé, mais elle a raison.

Ce n'est pas le moment. J'apprécie le fait d'avoir Nikki pour moi tout seul.

Égoïste ?

Probablement, mais j'aime ne pas avoir à la partager avec qui que ce soit.

— À propos de notre premier bébé—

— Luca n'est plus un bébé. Ce n'est même plus un enfant, me corrige Nikki.

Je lève les yeux au ciel.

— Évidemment, chaton, sinon il ne travaillerait pas pour moi. En parlant de ça, je sais comment le rendre plus investi dans le travail.

Elle exhale lourdement par le nez, les yeux plissés.

— Quoi que tu planifies, j'espère que tu sais ce que tu fais.

— Je sais toujours ce que je fais, dis-je avec suffisance.

Elle me frappe le bras et descend du bureau pour se rhabiller.

— Ne le laisse pas se faire blesser.

J'attrape mon pantalon et remets mes vêtements en ordre, de façon à peu près convenable.

— Oui, c'est ça mon plan, blesser mon fils, dis-je d'un ton moqueur, et elle attrape mon bras, sa petite main me pinçant violemment le muscle.

Je fais semblant que ça ne fait pas mal, mais putain, elle a une sacrée poigne.

— Je t'anéantirai si tu fais ne serait-ce que toucher à un cheveu de sa tête.

Nikki a toujours été dure, probablement parce que Gino l'a élevée lui-même.

— Détends-toi, chaton. Luca n'est plus un bébé. Tu l'as dit toi-même. Il peut gérer ce boulot.

Elle soupire profondément et relâche sa prise sur mon bras.

— Ne va pas tout gâcher avec lui.

— Je n'en rêverais pas.

Mes paroles sont l'entière vérité. Il n'y a aucune raison de mentir à ma femme.

Je n'ai aucune intention de nuire à Luca ; je veux qu'il s'investisse dans mon entreprise. Je veux qu'il me supplie de prendre le contrôle de la mafia quand je serai trop vieux ou mort pour exécuter moi-même les ordres.

J'ai juste besoin qu'il le désire, et pour l'instant, je sais que c'est la dernière chose à laquelle il pense.

ONZE

NOVA

JE M'ÉTALE sur le canapé, je pose mes jambes sur Ashton, et ses doigts commencent immédiatement à caresser mes cuisses.

Je jure qu'on essaie de regarder un film, mais je n'ai pas passé deux secondes sur l'intrigue elle-même. Intrigue, quelle intrigue ?

Ashton parvient toujours à voler chaque seconde de mon attention.

— Tu peux me passer le coussin ?

Je désigne le coussin décoratif posé à l'autre bout du canapé.

Ashton l'attrape et me taquine avec.

— Ce coussin ?

— Oui.

Je tends la main, attendant qu'il me le donne, mais au lieu de ça, il me frappe avec.

— Bataille de coussins !

Ashton rayonne fièrement après son assaut contre moi.

Il y a un coussin dans mon dos, mais ce n'est pas suffisant pour me mettre à l'aise. Je l'attrape et me mets à genoux pour essayer de prendre l'avantage tandis que je le frappe avec le coussin.

Ashton se déplace pour l'éviter, et je me jette sur lui, projetant mon corps sur le sien avec le coussin.

Il parvient à frapper le coussin hors de mes mains, et celui-ci tombe derrière nous sur le sol.

— Espèce d'idiot !

Pendant ce temps, il attrape le coussin avec lequel il m'a frappée en premier et me donne un autre coup. Ça ne fait pas mal, hormis à ma fierté, qui est sévèrement meurtrie.

Je me mets à califourchon sur lui, luttant pour attraper le coussin qu'il tient au-dessus de sa tête, hors de ma portée.

Il se penche en avant, ce qui me force à reculer, et avec mes jambes de chaque côté, ce n'est pas suffisant pour tenir bon. Je suis obligée d'enrouler mes bras autour de son torse alors qu'il me renverse en arrière, le coussin tendu dans ses bras.

— Donne-moi un coup de main ! crie-t-il, et je jette un coup d'œil en direction des bruits de pas alors que Liam émerge de sa chambre.

Liam sourit d'un air narquois et secoue la tête.

— Pas question que je me mêle de ça.

Il fait un geste vers nous deux.

— Quand est-ce que vous allez parler à Luca de votre relation floue ?

C'est ce que nous avons, une relation floue ?

— Jamais, grommelle Ashton. Luca aura ma tête, et je préfère ne pas être assassiné dans mon sommeil.

Je m'arrête et finis par lâcher prise, la motivation et le plaisir s'évanouissant tandis que je retourne de mon côté du canapé et fais semblant de regarder le film.

Le front d'Ashton est plissé, et il me lance le coussin, me le laissant, comme si j'avais gagné un grand prix.

Sauf que j'ai l'impression que tout vient de partir en vrille en quelques secondes.

Notre relation floue ?

Ashton ne prévoit jamais de parler de nous à Luca ?

Ma tête tourne, et mes pensées s'emballent de façon incontrôlable.

Je n'en peux plus. Je me lève et lui lance le coussin.

— C'est tout ce que nous avons, une relation floue ?

Ashton souffle et lance un regard noir à Liam.

— Pourquoi tu le regardes, lui ?

J'attends qu'Ashton me réponde.

— Bien sûr que non ! Je t'aime bien. On est juste... discrets. Une relation signifierait que tout le monde serait au courant pour nous.

— Oui, et c'est tellement terrible !

Je fulmine et me précipite vers ma chambre.

— Ne t'inquiète pas de le dire à Luca parce que c'est fini entre nous ! dis-je par-dessus mon épaule avant d'ouvrir la porte de ma chambre et d'y entrer bruyamment.

Je la claque violemment derrière moi.

Le silence remplit le vide, et les larmes menacent de couler.

Je refuse de pleurer pour un garçon stupide qui ne voudrait même pas admettre qu'il sort avec moi.

J'attrape mon téléphone et mes écouteurs Bluetooth, et je mets du métal agressif à fond pour atténuer ma peine de cœur.

Je ne pleurerai pas pour Ashton Rinaldi.

Je me laisse tomber sur mon lit, puis je ferme les yeux et me coupe du monde.

Les secondes passent, et mon cœur bat au rythme de la musique. Je n'entends rien, mais ce sont les mains d'Ashton qui me ramènent brutalement à la réalité quand il me pousse le bras.

Mes yeux s'ouvrent brusquement, et je suis prête à le tuer.

— Va-t'en !

Il fait un geste vers mes écouteurs, et je les enlève en le foudroyant du regard.

— Je ne coucherai plus jamais avec toi. Sors !

Je me redresse, mes pieds effleurent le sol tandis que je me perche au bord du lit.

Sa mâchoire tressaille.

— Tu sais que nous avons plus qu'une relation floue, Nova. Je t'aime plus que bien.

Ashton se dandine d'un pied sur l'autre. Je sens qu'il est mal à l'aise de confesser ses sentiments après que je lui ai crié dessus et rompu.

Eh bien, tant mieux.

Il s'est comporté comme un connard.

— Oui, tu m'aimes tellement que tu ne parleras de nous à personne. On dirait que je ne suis qu'une fille avec qui tu aimes baiser.

— Ce n'est pas vrai, je veux dire, j'adore baiser avec toi.

Ashton esquisse un sourire.

Si je n'étais pas en colère, ces fossettes et ce sourire m'exciteraient maintenant. Ok, peut-être que ça m'excite un peu, mais je suis toujours en colère contre lui. Je ressens juste des palpitations dans ma chatte, et j'aimerais que ça cesse.

— Je suis plus qu'un simple cul, Ashton. Je ne suis pas l'une de tes puck bunnies que tu baises et que tu traites comme de la merde.

Ses yeux vacillent, et il y a définitivement de la douleur derrière ces yeux sombres.

— Je n'ai jamais insinué ça. Tu as toujours compté plus pour moi que n'importe quelle autre fille, Nova.

La façon dont il prononce mon nom envoie des frissons dans tout mon corps.

Non, je ne céderai pas à son charme.

— Si c'est censé être des excuses grandioses, Ashton, tu es nul.

Il soupire, baisse la tête et ferme les yeux.

— Je suis vraiment désolé. Je t'aime bien, Nova, beaucoup.

Ses yeux s'ouvrent, et il me regarde avec une sincérité et une vulnérabilité pures.

Mon souffle se bloque dans ma gorge, mais je ne dis rien.

— Je n'aurais pas dû laisser Liam dire ça de toi, de nous. Tu es plus qu'une simple relation floue. J'ai toujours voulu que ce soit plus que ça avec toi, avec nous. Tu es ma petite amie, et oui, je suis terrifié à l'idée que ton frère le découvre parce qu'il a clairement dit qu'il tuerait quiconque te toucherait.

— Tu n'as jamais eu de problème à te battre avec Luca dans le passé. J'ai vu ta lèvre fendue et ta joue contusionnée.

Ils sont peut-être dans la même équipe de hockey et meilleurs amis, mais j'ai vu les traces des coups échangés entre eux.

Deux fils, nés de différentes familles mafieuses, ils ont tous deux tendance à laisser leur colère guider leur cœur. Je n'ignore pas cela. Mon propre père est dans la mafia.

Mais je ne peux m'empêcher d'espérer qu'Ashton sera différent. Qu'éventuellement, il coupera les liens avec la mafia, pas nécessairement avec son père, mais qu'il sortira de ses traces pour devenir sa propre personne.

— Je ne veux pas me battre avec lui à ce sujet, à propos de nous, dit Ashton. Je veux qu'il y ait toujours un nous. Je ne veux pas que tu t'éloignes de moi à cause de quelque chose de stupide que j'ai dit ou fait. J'ai besoin de toi.

Je le fusille du regard.

— Tu as besoin de moi pour t'aider en cours de psychologie.

Il ne le nie pas.

— J'ai besoin de toi pour plus que les devoirs et les études, Nova. Je te veux dans ma vie, comme ma petite amie. J'aime passer du temps avec toi, t'embrasser, et oui, faire l'amour avec toi. Mais j'adore simplement être près de toi.

Aucun de nous n'a prononcé le mot en A.

Mais juste le fait qu'il l'évoque, en l'utilisant pour dire qu'il aime être avec moi, fait battre mon cœur.

— Je suis toujours en colère contre toi.

Ashton hoche lentement la tête.

— Tu peux être en colère contre moi, mais tu veux bien me donner une autre chance ?

Je pince les lèvres, réfléchissant à ce que je devrais faire.

— Est-ce que tu le diras à Luca ?

Je sais que c'est la chose qu'il évite par-dessus tout. Je ne suis pas non plus très enthousiaste à l'idée que Luca le découvre, mais il semble que tout le monde le sache déjà. Au bout d'un moment, ça va se savoir.

— Tu peux juste me donner un peu plus de temps ? demande Ashton. Je lui dirai, je te le promets. Mais s'il l'apprend maintenant, pendant la saison de hockey, il va perdre les pédales, et je ne veux pas qu'il gâche son jeu.

— Tu ne veux pas que ton équipe perde.

Il ne s'agit pas de Luca, mais des Narvals.

Ashton hoche la tête.

— Non.

Il s'assied lentement au bord du matelas, face à moi.

— Toute l'équipe est au courant. Tu penses qu'ils garderont notre petit secret combien de temps ? Même Harper est au courant. Ce n'est pas juste d'imposer le silence à tout le monde. Ça va finir par se savoir.

— Au bout d'un moment.

Ashton me regarde fixement, sa main tendue pour écarter les cheveux de mes yeux, son pouce effleurant ma joue.

— Pourquoi tu es si pressée de lui dire ?

— Tu as honte de sortir avec moi ? C'est ça ?

Je n'arrive pas à comprendre pourquoi il ne veut

pas lui dire, et s'inquiéter que Luca se mette en colère ou se dispute avec lui semble être une excuse.

— Bien sûr que non. Si c'était le cas, j'aurais rompu depuis longtemps.

— Ok.

Je ne suis pas sûre de comment prendre ce commentaire. Je recule pour éviter son contact et je repousse sa main.

— Je ne suis pas contente de toi en ce moment.

— J'ai cru comprendre.

Il pose ses mains sur ses genoux.

— Je ne veux pas qu'on se sépare à cause de Luca. C'est... idiot.

— Mes sentiments sont idiots ?

Je le fusille du regard.

— Ce n'est pas ce que je dis, répond Ashton en soupirant.

Il pose ses mains sur ses cuisses pour essuyer la sueur qui semble s'y former.

Est-ce que je le rends nerveux ?

— Alors explique-moi clairement, parce que j'ai l'impression que tu évites de parler de moi à Luca, et je ne sais pas pourquoi ça t'inquiète autant. Est-ce que c'est à cause de mon père ?

Son regard se durcit puis se détend tandis qu'il

force un sourire. Il y a quelque chose là, mais je n'insiste pas pour obtenir plus de réponses.

— Luca a un sacré crochet du droit, ok ?

Ashton rit et baisse la tête.

— Je ne veux pas être hors jeu pour le reste de la saison de hockey parce qu'il m'a botté les fesses.

— Tu ne riposterais pas ?

— Je ne le voudrais pas, mais je pourrais ne pas avoir le choix, et je sais que le jeu est important pour lui. C'est plus important pour lui que pour moi. Le hockey n'est qu'un exutoire pour moi, une façon d'affronter mes démons, un endroit pour les libérer sur la glace. J'adore jouer au hockey, mais je n'ai pas le même charisme sur la glace. Je ne cherche pas à devenir professionnel.

Alors que j'écoute en silence, j'attrape son bras et je le laisse parler, lui donnant la chance de tout m'expliquer.

— Si je riposte, et je sais que je serai forcé de le faire si on se bat, je ne veux pas ruiner ses chances cette saison ou la prochaine. Il pourrait vraiment se blesser, parce que je ne vais pas rester là à me faire tabasser parce qu'il est en colère contre moi. Je le laisserais me donner un, peut-être deux coups, il a un sacré crochet du droit, mais au-delà, je ne peux pas simplement me laisser tabasser. J'ai une réputation à maintenir.

Avec une lente expiration, je laisse ma main trouver la sienne.

— Merci de m'avoir dit tout ça.

— Tu me détestes toujours ?

Il lève les yeux vers moi, attendant ma réponse.

— Je ne pourrais jamais te détester.

Il porte ma main à ses lèvres et y dépose un baiser chaleureux.

— Viens ici.

Je me rapproche, mes mains contre son torse alors que je me redresse pour goûter ses lèvres.

Il m'attire sur ses genoux, ses bras forts chauds et réconfortants après la dispute. Ses doigts dansent sur ma peau, le long de mes hanches, de haut en bas sur mes bras. C'est comme s'il mémorisait chaque détail de moi.

— Je suis désolé, murmure Ashton entre les baisers. Qu'est-ce que je peux faire pour me faire pardonner ?

Je sais que dire la vérité à Luca ne fera que nous séparer à nouveau. Après la saison de hockey, ce qui semble être dans une éternité, mais ce n'est que quelques courtes semaines. La saison régulière s'est terminée fin février. Les Narvals sont en quarts de finale de la NCHC, la compétition des universités.

Je ne peux pas risquer qu'ils perdent parce que Luca n'a pas la tête au jeu. C'est leur meilleur joueur, pas que je le dirais à Ashton. Même si je suis sûre qu'il le sait déjà, c'est pourquoi il ne veut pas que Luca le découvre.

Ce ne sont que quelques semaines de plus ; dans le pire des cas jusqu'en avril s'ils atteignent le championnat national. Les Narvals n'ont jamais atteint les demi-finales du Frozen Four, mais ils n'avaient jamais eu Luca et Ashton comme joueurs non plus.

— Tout ce que tu voudras.

Ashton dépose des baisers doux et légers comme des plumes sur mes joues et mes lèvres.

— Tes désirs sont des ordres.

Un faible sourire apparaît sur mon visage.

— Tu es un génie maintenant ?

— Je pourrais l'être, dit Ashton. Si je pouvais t'accorder trois vœux, je le ferais totalement. Quels seraient tes vœux ? Et ne me donne pas des trucs ennuyeux comme la paix dans le monde.

— La paix dans le monde n'est pas ennuyeuse !

Je lui donne un coup de coude dans les côtes.

— Aïe ! gémit-il, puis il attrape mes bras et

m'empêche de l'attaquer une seconde fois. Trois vœux.

— Le premier serait que tu me lâches les bras.

— Ennuyeux.

Ashton lève les yeux au ciel mais sourit.

— Vœu exaucé.

Il relâche sa prise sur moi.

Je ris.

— Je garde mon deuxième et mon troisième vœu pour plus tard.

— Ça ne marche pas comme ça, marmonne Ashton alors que ses mains taquinent mes hanches et jouent avec la ceinture de mon jean.

Il sait exactement ce qu'il fait, éveillant le désir en moi alors que je suis assise sur ses genoux.

Bon sang, il est doué.

Mes joues s'échauffent, et mon corps succombe à la chaleur en se détendant contre lui.

— Ce n'est pas un vœu, mais je veux que tu ailles dire à Liam que tu sors avec moi. Que nous sommes en couple. Et ensuite, que tu lui déclares à quel point tu tiens à moi.

Le visage d'Ashton se crispe.

— Je suis vraiment obligé ?

— Si tu veux que je te pardonne, oui.

Ashton soupire et pose ses mains sur mes

hanches. Il me guide doucement vers ma place sur le matelas. Il se lève, et j'en fais autant, voulant assister à la scène.

— Où est-ce que tu vas ?

Ashton me regarde, surpris que je me sois levée du lit.

— Oh, je ne manquerais ce spectacle pour rien au monde.

Je le suis hors de ma chambre, impatiente d'être témoin de sa grande déclaration à Liam concernant notre relation.

En sortant dans le couloir, je me penche vers lui pour que lui seul puisse m'entendre.

— Ne foire pas ça ou tu sortiras avec ta main pour une durée indéterminée.

— Tu es dure.

Il me lance un regard faussement offensé puis me pince les fesses.

Ma bouche s'ouvre sous l'effet de la surprise, et il ricane en s'avançant dans le salon où Liam s'est installé sur le canapé devant la télévision.

J'annonce à Liam :

— Ashton a quelque chose à dire.

Liam attrape la télécommande et appuie sur le bouton de la télévision pour couper le son.

— Je t'écoute.

Il hausse un sourcil, visiblement amusé et ravi d'entendre ce qu'Ashton a à dire.

— Nova et moi sortons ensemble. Nous sommes en couple, alors ne sois pas con en appelant ça une relation floue. Je tiens beaucoup à elle. Ce n'est pas juste une fille avec qui je couche ; c'est ma meilleure amie et ma petite amie. Ne l'insulte plus jamais comme ça. Elle mérite mieux de ta part.

Les yeux de Liam s'écarquillent.

— Compris.

Il lève la main.

— Désolé, je ne voulais pas t'offenser, Nova.

— Ce n'est pas grave.

— Si, ça l'est, dit Ashton d'un ton protecteur. Personne ne devrait qualifier notre relation comme étant moins que ce qu'elle est. Je tiens à elle, et je veux que tout le monde le sache.

Liam l'observe avec curiosité.

— Même Luca ?

Il ne peut s'empêcher d'essayer d'ajouter du drame.

— Mêle-toi de tes affaires, Liam. Tu ne me vois pas m'immiscer dans ton histoire de plan cul avec cette fille de Great Falls.

Liam se mord la lèvre inférieure et regarde la télévision.

— On a rompu.

— Merde. Je suis désolé, mec.

Ashton garde ma main dans la sienne tandis qu'il me conduit vers le canapé.

Un lourd soupir s'échappe des lèvres de Liam alors que nous nous asseyons, Ashton à côté de lui et moi au bout du canapé.

Je suis toujours sans coussins. Mince, mais je ne m'étale pas non plus.

— Je suis désolée d'apprendre que ça n'a pas marché entre toi et Iris.

Il rit doucement.

— En fait, c'est moi qui ai rompu avec elle.

— Oh ?

Ashton et moi attendons tous les deux que Liam développe, mais il ne le fait pas.

Le silence s'installe entre nous.

Je finis par briser la tension et demande :

— Qu'est-ce qui s'est passé ?

Ashton pose une main sur ma cuisse, son toucher doux mais ferme. C'est réconfortant.

Liam pousse un profond soupir.

— Vous allez rire et penser que je suis fou si je vous le dis, alors est-ce qu'on peut juste... sauter cette partie et me laisser simplement dire que c'est fini avec Iris ?

— Est-ce qu'il s'est passé quelque chose entre toi et Iris ?

Si c'était du sexe sans attaches, peut-être que quelqu'un a développé des sentiments ou que le sexe est devenu trop poussé pour Liam ou Iris. Ça expliquerait au moins sa réticence à donner des détails.

— Non. C'était une autre fille, avec qui je ne sors même pas. Nous nous sommes juste embrassés.

Liam se lève, et il grommelle dans sa barbe, mais je n'arrive pas à distinguer ce qu'il dit.

— Tu apprécies cette autre fille.

C'est facile à deviner ; pour quelle autre raison aurait-il rompu avec Iris ?

— Oui, dit Liam en me regardant. Mais je ne devrais pas.

— Pourquoi pas ?

Je ne comprends pas le problème.

— C'est compliqué.

Liam se dirige vers la cuisine et nous laisse, Ashton et moi, sur le canapé.

Je jette un coup d'œil à Ashton, qui hausse simplement les épaules. Je me lève et suis Liam dans la cuisine.

— Allez, tu sais que tout ce que tu nous diras restera strictement confidentiel.

Je m'appuie contre les placards de la cuisine, attendant que Liam dévoile les détails. J'adore les potins.

— Je ne m'inquiète pas que tu le répètes à qui que ce soit, dit-il. C'est juste qu'il n'y a pas grand-chose à raconter. La fille que j'ai embrassée, je la déteste. Nous sommes complètement opposés. Elle est méchante. Gâtée. Riche. Cette gamine est une peste.

— Gamine ? dis-je, confuse. Je pensais que c'était quelqu'un de la fac. C'est quoi ce bordel, Liam ? Tu sors avec une mineure ?

— Putain, non ! Ce n'est plus une gamine. On se connait depuis qu'on est enfants, et elle me tourmentait à l'époque. Bordel, je la torturais en retour. Nous avons un passé tumultueux. Et nous ne sortons pas ensemble. C'était juste un baiser.

— Ok.

Les pas légers d'Ashton traversent le sol. Il passe un bras autour de mes épaules et me tire contre lui.

— C'est pour ça que tu es revenu à la fête la semaine dernière ?

Liam se crispe avant de hocher la tête.

— C'est là que j'ai croisé la fille et que j'ai ensuite rompu avec Iris.

— Elle doit être spéciale, cette fille.

Ashton siffle et sourit en coin.

— Tu devrais l'appeler.

— Je n'ai pas son numéro, et même si je l'avais, cette fille a un sacré crochet du droit.

Ashton ricane.

— Liam s'est fait tabasser par une fille, chantonne-t-il pour taquiner son coéquipier.

— Je le nierai et je te tuerai si tu en parles à qui que ce soit.

Une lueur sombre traverse le visage de Liam, et Ashton lève les mains.

— Tant que tu ne parles pas de Nova et moi à Luca, marché conclu.

— Je vais garder ton secret, mais il finira par l'apprendre, un jour ou l'autre.

DOUZE

HARPER

L'EXCITATION bouillonne dans ma poitrine, ou peut-être est-ce Zeke qui continue de me souffler sur le ventre pour attirer mon attention.

Nova, Kensley et moi sommes assises au premier rang. J'ai Zeke sur mes genoux, et mes mains réajustent constamment son casque anti-bruit pour bloquer le vacarme de la foule.

Zeke ne semble pas comprendre qu'il doit garder le casque, et il essaie sans cesse de le repousser avec ses petites mains.

Amener un tout-petit à un match de hockey n'était pas la meilleure idée, mais je veux que Zeke voie son papa jouer au hockey.

Papa.

Mariage.

Tout cela reste encore un concept étrange et inconnu.

Cela fait presque deux semaines, et même si Luca m'a enfin permis de me glisser dans le lit à ses côtés, rien ne s'est passé. Depuis les photos chez ses parents, nous partageons un lit, mais il insiste pour mettre une vaste collection d'oreillers entre nous, comme s'il craignait de rouler accidentellement et de me prendre dans ses bras.

Quelle horreur, n'est-ce pas ?

Je fais de mon mieux pour lui donner tout le temps et l'espace dont il a besoin.

Au moins, je ne suis plus dans la chambre avec Zeke, ce qui fait que Zeke se faufile dans notre chambre presque toutes les nuits. Je parviens à le rendormir et à le remettre dans son lit de grand garçon.

Mais cela perturbe mon sommeil.

Luca ne bouge pas d'un pouce quand Zeke débarque en trombe dans la chambre au milieu de la nuit. Soit il a le sommeil lourd, soit il fait semblant de ne rien remarquer. Je ne lui en veux pas. Zeke est *mon* fils.

— Regarde, c'est ton papa ! dit Nova en pointant

Luca sur la glace, puis elle chatouille Zeke pour attirer son attention.

Zeke observe avec de grands yeux curieux tandis que les gars s'entraînent avant le début de la première période.

— Dada, dit Zeke en montrant Luca du doigt.

— C'est ça ! s'exclame Nova.

Elle semble un peu plus enthousiaste que moi, probablement parce que j'ai entendu Zeke appeler Luca « Dada » plus d'une fois.

— Dada ! dit Zeke en pointant vers Ashton.

Puis :

— Dada ! dit-il en pointant vers Liam.

Au moins, il reconnaît les coéquipiers qui vivent avec nous.

— Pas tout à fait, dit Nova en soupirant. Luca est ton papa. Ashton est à moi.

Mes yeux s'écarquillent, et je frappe Nova à l'épaule.

— Ashton n'est pas... oh mon Dieu. On peut juste arrêter ?

Je secoue la tête, voulant chasser toutes les images d'Ashton et Nova que j'ai surpris auparavant entre les draps. Même si, à vrai dire, il n'y avait pas beaucoup de draps pour couvrir quoi que ce soit.

Kensley glousse et lance un regard à Nova.

— Vous avez bien couché ensemble ce soir-là ! Je t'ai vue l'embrasser à la fête.

Le visage de Nova rougit.

— Chut ! Luca n'est pas au courant.

— Il ne peut pas nous entendre.

Kensley fait un geste entre les gars et nous.

— Détends-toi, je ne vais rien dire. Mais pourquoi Luca ne peut pas savoir ?

Nova souffle une mèche de cheveux hors de ses yeux.

— Luca a une énergie de grand frère protecteur. Il démolira quiconque sort avec moi.

— Pourquoi ? demande Kensley.

Je souris.

— Parce qu'il en est capable.

Nova et Kensley rient toutes les deux, ce qui fait glousser Zeke. C'est le son le plus adorable du monde. J'embrasse les joues de Zeke.

— Sérieusement, Luca va finir par le découvrir.

— Je sais.

Nova soupire lourdement et croise les bras sur sa poitrine. Elle se penche en arrière, étire ses jambes puis les croise.

— Ashton et moi nous sommes disputés à ce sujet il y a quelques nuits.

— Ah bon ?

Je ne peux m'empêcher d'être surprise qu'ils se disputent. Je n'ai remarqué aucun signe quand j'étais à la maison. Pas de tension. Pas de querelles. Au contraire, ils se sont blottis sur le canapé pour regarder des films ensemble le soir.

C'est fou que Luca n'ait pas remarqué ces câlins, mais il voit simplement Nova comme sa petite sœur et Ashton comme son meilleur ami. Pour lui, ce sont juste deux de ses personnes préférées qui passent du temps ensemble.

— On a réglé les choses. Tu n'étais pas à la maison quand ça s'est passé.

Nova agite la main dans l'air, puis son regard se fixe sur Ashton. Un sourire narquois traverse son visage tandis qu'elle l'observe sur la glace.

— Liam s'est comporté comme un con et, eh bien, toute la relation a failli partir en flammes. C'est mieux maintenant. J'aimerais juste qu'Ashton trouve le courage de le dire à Luca. Sans attendre la fin de la saison.

— Ça pourrait être pire, dit Kensley en montrant Zeke du doigt. Ce petit bonhomme pourrait révéler tous vos secrets.

— Donnez-lui encore un mois ou deux et il pourrait bien le faire, dis-je.

Zeke babille déjà beaucoup plus, et même si tout

n'est pas déchiffrable, il commence à apprendre à répéter des mots.

Nova gémit.

— Génial !

Ashton patine vers la vitre en plexiglas et fait un signe à Nova.

— Salut, bébé.

— Dada !

Zeke pointe Ashton du doigt.

Ashton jette un coup d'œil par-dessus son épaule, les yeux écarquillés, son visage livide tandis qu'il cherche Luca, qui est toujours au centre de la patinoire en train de s'échauffer.

— Ce gamin m'a presque donné une crise cardiaque. J'ai cru que quelqu'un allait me surprendre.

Ashton est un peu essoufflé.

— Bonne chance ! lui lance Kensley.

Nova pâlit sur son siège.

— Ne crie pas ça ici, sauf si c'est à l'équipe adverse.

— Désolée ! Désolée !

Kensley lève les bras.

— J'essaie juste de vous encourager.

— Avec un peu trop d'enthousiasme.

Nova fusille Kensley du regard, et je jure voir une

pointe de jalousie la traverser.

Ashton regarde encore par-dessus son épaule, et quand il réalise que Luca ne regarde pas, il envoie un baiser à Nova.

— À tout à l'heure après le match, bébé. Tu viens à la fête ce soir ?

— Je ne manquerais ça pour rien au monde, répond Nova.

Nova et Ashton sont vraiment adorables ensemble. Même si je sais que Luca ne sera pas content de la nouvelle, peut-être que je pourrai aider à apaiser les choses quand ils lui annonceront qu'ils sortent ensemble. Ce n'est pas comme si Nova était encore au lycée. Elle a dix-huit ans, c'est une adulte, et elle est à l'université.

Au moins elle fait un bon choix. Ashton n'est pas une mauvaise option en termes de petit ami, même si je ne suis pas sûre que j'aurais pensé cela il y a quelques mois.

Ashton pointe vers Zeke.

— J'adore le look, dit-il en faisant un signe à mon fils.

Zeke flotte dans le maillot pour enfant que nous avons réussi à dénicher cet après-midi. Il est par-dessus ses vêtements d'hiver, et il nage toujours dedans.

— À plus tard.

Ashton patine en arrière, faisant le malin alors qu'il se dirige vers Luca, qui s'entraîne à marquer des buts.

L'équipe retourne ensuite aux vestiaires avant d'entrer à nouveau dans la patinoire, cette fois pour le match.

Je ne peux m'empêcher de sentir des papillons dans mon estomac. Je veux que Luca réussisse, qu'il gagne. Est-ce ainsi qu'il se sent avant chaque match ? Je n'ose pas non plus avouer à qui que ce soit que je suis déçue que Luca ne soit pas venu dire bonjour à Zeke ou à moi pendant l'entraînement. Mais nous sommes venus ici pour le soutenir, pas pour attirer l'attention sur nous.

Le match se termine sur un score final de 1-3. Les Narvals l'emportent, et Luca est aux anges, ayant marqué deux des trois buts ce soir.

Il patine vers nous après le match, et mon cœur s'accélère, surprise qu'il nous ait remarqués. Il ne nous a pratiquement pas prêté attention ce soir, mais peut-être que c'était ce dont il avait besoin pour gagner.

— Salut, fait Luca en saluant Zeke, qui se contente de le fixer.

Kensley et Nova partent ensemble, me laissant seule avec Zeke. Ça ne me dérange pas. Elles se préparent toutes les deux à aller à la fête. Moi, je m'apprête à ramener Zeke à la maison pour le coucher.

— C'est déjà l'heure de son coucher, dis-je tandis que Zeke se blottit dans mes bras et que ses yeux commencent à papillonner.

— Vas-y, ramène-le à la maison. Ne m'attends pas ce soir.

— Amuse-toi bien à la fête.

Je ne lui demande même pas s'il y va. Je suppose que oui. Le reste de l'équipe va à l'ancien endroit où nous habitions. Chase organise la fête avec ses nouveaux colocataires, qui jouent également pour les Narvals.

— Merci, dit-il, et son sourire est sincère.

Son regard vacille un instant.

— Ça ne te dérange pas que j'y aille ?

— Ne t'amuse pas avec les puck bunnies, mais je suis contente que tu sortes avec les gars.

Je suis heureuse qu'il ait des amis et qu'il puisse encore faire des choses avec eux. Ce n'est pas parce que nous sommes mariés et que j'ai Zeke qu'il doit tout abandonner. Je ne veux pas ça pour lui.

Il rit doucement.

— Ne t'inquiète pas. J'ai entendu dire que ma chambre dans l'ancienne maison n'est plus vacante.

Ça ne me fait ni rire ni sourire.

Nous avions de bons souvenirs dans sa chambre. Dans la nouvelle maison, je ne ressens que froideur et distance dans notre chambre. Je ne peux m'en prendre qu'à moi-même pour cette froideur.

— Mauvaise blague ?

Luca offre un sourire en coin, et mon estomac danse avec ces petits papillons.

— Ces jours me manquent, dis-je, regrettant que la vitre en plexiglas soit la seule chose qui nous sépare.

Luca hoche la tête.

— À moi aussi.

Il enlève son casque et se frotte les cheveux.

— Je devrais aller prendre une douche. On se voit plus tard ce soir ?

— Avec les oreillers et tout le reste, dis-je en marmonnant.

Son regard se durcit, mais il acquiesce. Je ne suis pas sûre qu'il ait entendu ce que j'ai dit. La foule s'est dispersée, donc ce n'est plus aussi bruyant qu'avant.

— Fais un bisou de bonne nuit à Zeke de ma part, dit Luca.

Je m'arrête, surprise. Il n'a jamais bordé Zeke. Je ne suis pas sûre de l'avoir déjà vu embrasser mon fils ou lui dire qu'il l'aime.

— Oui, je le ferai.

Je force un sourire mais ne peux m'empêcher de me sentir perplexe.

Luca regarde autour de moi.

— Tu as un moyen de rentrer ? Où sont parties Kensley et Nova ?

— Elles vont à la fête. Je suis venue à pied avec Zeke. Je vais rentrer à pied. C'est bon, il y a plein de monde dehors ce soir, et le temps est agréable.

— Il fait moins dix degrés dehors. Ce n'est pas agréable. Attends-moi près du vestiaire. Je vais vous ramener à la maison avant la fête.

— Tu n'as pas besoin de faire ça, Luca.

— Ce n'est pas une question. Attends-moi à l'extérieur du vestiaire.

Je fais un bref signe de tête.

— Ok, d'accord.

Il part en patinant pour se doucher et se changer. Je me promène dans les gradins, puis nous dirigea vers l'entrée du vestiaire des Narvals.

Quelques autres filles attendent, Nova et Kensley incluses.

— Hé !

Les yeux de Nova s'élargissent, surprise de nous voir, Zeke et moi.

— Je croyais que tu ramenais le petit tigre à la maison pour le coucher ?

— C'est le cas, mais Luca nous ramène en voiture. Il ne voulait pas que je rentre seule à pied.

Kensley sourit et s'appuie contre le mur.

— C'est vraiment gentil de sa part.

Près de trente minutes plus tard, Luca sort du vestiaire, Chase et Ashton juste derrière lui.

Les cheveux de Luca sont mouillés, et quelques gouttes d'eau coulent le long de son cou, qu'il essuie du dos de la main.

— Je vais ramener Harper et Zeke à la maison, puis je viens à la fête. Nova et Kensley, Chase va vous conduire à la fête. Je vous ramènerai, vous et Ashton, après.

Luca tend les bras pour tenir Zeke.

— Tiens, laisse-moi le prendre.

— Tu es sûr ?

Zeke est presque endormi. Ses paupières ne

cessent de s'ouvrir et de se fermer tandis qu'il lutte contre le sommeil.

— Tu l'as tenu toute la soirée. Laisse-moi te soulager quelques minutes.

Je parviens à détacher Zeke de mon étreinte et à le confier à Luca.

— Merci.

Les yeux de Zeke s'écarquillent lorsqu'il passe de moi à Luca, mais ensuite il se calme et ferme les yeux en se blottissant contre Luca.

En quelques secondes, mon petit bambin ronfle paisiblement, ce qui va être problématique car je dois lui mettre son manteau d'hiver et son bonnet.

— Tu as bien joué aujourd'hui.

Je suis vraiment fière de Luca, il excelle au hockey. Peut-être qu'il pourra en faire une carrière professionnelle et éviter l'entreprise de son père.

— Je me suis débrouillé, dit Luca modestement, avec un sourire ironique. C'était un bon match.

Je boutonne mon manteau et enfile mon bonnet. Nous approchons de la porte de sortie mais nous arrêtons pour que j'enfile le manteau de Zeke.

Il s'agite et grogne, ses yeux s'ouvrant et se fermant. Il ne veut pas rester éveillé, et il ne semble pas non plus vouloir mettre son manteau, mais je parviens à le lui enfiler avec l'aide de Luca, puis je le ferme rapidement tandis qu'il cajole Zeke et le berce dans ses bras pour le faire retomber dans le sommeil.

Je remonte la capuche sur sa tête puisque lui mettre un bonnet maintenant serait juste un autre combat.

J'enfile mes gants alors que nous sortons dans l'air frais de la nuit et traversons rapidement le parking jusqu'à la voiture de Luca.

— Merci encore de nous conduire.

— Bien sûr. Je n'allais pas laisser ma femme marcher seule la nuit avec notre fils.

Ma femme.

Notre fils.

Luca ne fait habituellement référence à Zeke que comme *mon* fils. Ça sonne étrange venant de ses lèvres, mais je dois admettre que ça me plaît.

Je plaisante avec un sourire :

— Depuis combien de temps attendais-tu de m'appeler ta femme ?

Il rit doucement.

— J'essaie juste. Ça sonne bizarre, non ?

— C'est nouveau. Mais j'aime bien.

J'apprécie qu'il essaie, et même s'il ne m'a peut-être pas entièrement pardonné d'avoir fui le jour de notre mariage, peut-être est-il temps que nous puissions enfin avancer ensemble.

— Moi aussi.

Luca sourit et déverrouille la portière de la voiture pour ouvrir la banquette arrière. Il installe Zeke dans le siège auto et l'attache.

Je regarde, m'assure que tout est correct et qu'il est bien attaché avant de monter sur le siège avant.

Le silence emplit la voiture, mais c'est un silence confortable que j'apprécie beaucoup. La voiture met quelques minutes à chauffer, mais le temps que nous arrivions à la maison, il fait chaud.

— Attends, dit Luca avant de garer la voiture et que je descende.

Je me tourne vers lui, et il se gare devant la maison, le moteur tournant avec le chauffage toujours à fond.

Il tend la main à travers le siège et sa main effleure ma joue, ses doigts dans mes cheveux alors qu'il se penche et m'attire vers lui. Ses lèvres trouvent les miennes et, même si je suis surprise qu'il m'embrasse à nouveau, mon corps se souvient de tout ce qui s'est passé avant et réagit instantanément à son toucher.

Il est impossible de combattre le désir, et je n'en aurais aucune envie avec Luca.

Mes lèvres s'entrouvrent, et il me dévore avidement, nos langues se livrant un duel tandis que le monde autour de nous semble disparaître.

La chaleur envahit ma peau. Ses lèvres parcourent mon cou puis reviennent à mes lèvres, animées par le besoin.

— Je mourais d'envie de t'embrasser, dit-il en posant son front contre le mien, essoufflé.

— Tu veux entrer ?

Je veux lui offrir plus qu'un simple baiser pour ce soir.

Ses lèvres écrasent à nouveau les miennes, puis il détache ma ceinture de sécurité, ses doigts errant sur mon corps alors qu'il m'embrase complètement.

— Oui, murmure-t-il, haletant fortement.

Il éteint le moteur, détache rapidement sa ceinture et porte Zeke jusqu'à la porte d'entrée pendant que je m'occupe des clés. Mes mains tremblent.

Luca m'adresse ce sourire doux et chaleureux qui fait fondre mes entrailles.

— Tu peux le faire.

Sa voix épaisse et rauque envoie des frissons chauds dans tout mon corps.

Je glisse la clé dans la serrure, la tourne et déverrouille la porte.

— Bonne fille, murmure-t-il, et je jure que je frissonne rien qu'à sa voix et ses mots.

J'aide Zeke à enlever son manteau, ses chaussures, puis mes propres vêtements d'hiver avant de le reprendre des bras de Luca.

Luca retire ses chaussures et son manteau, et une minute plus tard, il se tient dans l'embrasure de la porte et me regarde préparer Zeke pour le coucher.

D'habitude, il ne semble pas intéressé. Ce soir, il observe tout. Il prend des notes mentales pendant que je rassemble le pyjama de Zeke et que je change sa couche.

Je ne lui lis pas d'histoire ce soir. Il est bien passé l'heure du coucher de Zeke, et je le borde en lui donnant beaucoup de câlins, de baisers et de caresses.

Luca disparaît et revient une minute plus tard avec un dragon en peluche.

— Je me suis dit qu'il pourrait dormir avec ce petit gars.

Zeke tend les bras vers le dragon et le serre fort contre sa poitrine, les yeux fermés.

Je remonte les couvertures autour de lui, puis je lui donne un dernier baiser avant d'éteindre la lumière et de fermer la porte de la chambre.

— C'était vraiment gentil de ta part de lui donner ce dragon.

— Je l'ai acheté à la boutique de l'hôtel la semaine dernière lors de notre match à l'extérieur.

Luca m'attire contre lui, ses hanches trouvent les miennes alors qu'il me plaque contre le mur, juste à l'extérieur de la chambre de Zeke.

— Je mourais d'envie de goûter à nouveau à tes lèvres.

Je ferme les yeux et me dresse sur la pointe des pieds pour que mes lèvres frôlent les siennes. J'ai besoin de lui, je le désire, je veux l'éternité avec lui.

Il est affamé, et son besoin est insatiable. Il m'entraîne avec lui à reculons vers notre chambre, puis me soulève, mes jambes autour de sa taille tandis qu'il m'emmène dans notre chambre, me pressant contre la porte, qu'il ferme derrière nous.

— J'ai envie de te baiser, princesse.

Je ne conteste pas ce surnom. En ce moment, il pourrait m'appeler n'importe comment et j'accepterais.

— Tu vas être une gentille fille pour moi et faire ce qu'on te dit ?

— Oui, dis-je d'une voix rauque, les yeux fermés, savourant les sensations qu'il éveille en moi.

— Gentille fille.

Je gémis, mon corps réagissant délicieusement rien qu'à ses mots, et il me porte jusqu'au lit pour me déposer sur le matelas moelleux.

Il relâche son étreinte, et je gémis en signe de protestation, regrettant sa chaleur. S'il est en train de me taquiner et décide de partir, comme une sorte de punition pour le passé, je le tuerai.

Il se tient au bord du lit, enlève sa chemise puis son pantalon.

Il est magnifique et absolument sublime, avec ses abdos sculptés. Son corps est clairement celui d'un athlète, ce qui me fait me sentir un peu plus complexée par le mien.

Luca se penche, presse son corps contre le mien, et je peux sentir son sexe me pousser.

— Tu portes trop de vêtements, princesse. Est-ce que je dois faire tout le travail ce soir et te déshabiller moi-même ?

Un sourire timide traverse mon visage.

— J'aimerais bien.

Il rit.

— Je parie que oui. Déshabille-toi et mets-toi à quatre pattes.

Je me déshabille rapidement, et il me claque les fesses dès que je suis nue.

— Hé ! Pourquoi ?

Mes fesses sont à sa merci. Je suis nue et je me sens assez exposée et vulnérable à quatre pattes, alors qu'il se tient derrière moi.

— Pourquoi pas ?

Je jette un coup d'œil par-dessus mon épaule, et il sourit narquoisement. Ses mains caressent mes fesses avant de les claquer à nouveau.

— Aïe ! Arrête de me fesser.

Je me retourne sur les fesses, qui me font mal, mais au moins je suis assise et il ne peut plus me frapper.

— Arrête de faire ta gamine gâtée.

Son regard se durcit, et je me redresse sur les genoux.

— La seule personne qui fait l'enfant ce soir, c'est toi.

J'attrape un oreiller et le frappe avec contre sa poitrine.

Il bouge à peine, son corps pratiquement comme du fer contre le matériau souple, et il lève un sourcil.

— Tu as fini de faire ta petite rebelle ?

— Rebelle ?

J'étouffe un rire et le frappe à nouveau avec l'oreiller.

Il l'attrape et m'arrête cette fois, mais l'oreiller

parvient quand même à atteindre sa poitrine. Cependant, il a réussi à me voler l'oreiller en me l'arrachant des mains. Il le jette à travers la pièce.

— Tu cherches une bataille d'oreillers ? Parce que je te préviens, je suis le champion en titre.

Je pouffe de rire.

— Je n'en doute pas.

Je m'élance vers l'oreiller, mais il a d'autres idées : il me plaque contre le matelas et me maintient sous lui.

— C'est bien plus amusant comme ça, dit-il tandis que ses mains me retiennent et que ses lèvres dansent sur mon cou.

Je frissonne et gémis, mon corps réagissant instantanément. Mes tétons durcissent lorsque sa poitrine frôle la mienne, et j'enroule une jambe autour de lui pour l'attirer plus près.

— Putain, dis-je dans un gémissement alors que sa bouche fait ce truc où sa langue taquine le point sensible de mon cou avant de remonter vers mon oreille. Tu vas me tuer...

Mon corps se tord sous lui, mais il ne relâche pas sa prise.

— Je pense que tu exagères, princesse.

Ses lèvres reviennent contre mon cou, satisfaites quand mes hanches commencent à onduler, désespérées d'en avoir plus. Mon autre jambe s'enroule autour de la sienne et je nous fais rouler, utilisant mes hanches et mon poids pendant qu'il embrasse mon cou, pour le mettre sur le dos.

Il rit et s'enfonce dans le matelas, un énorme sourire sur son visage.

— Tu prévois de me dominer ce soir, princesse ?

Ce surnom commence à m'agacer.

— Je. Ne. Suis. Pas. Une. Princesse, lui dis-je avec colère.

Je fais semblant de le mordre, mais je garde assez de distance pour ne pas vraiment le pincer.

Le sourire de Luca ne faiblit pas le moins du monde. Il n'a pas peur de moi. Il n'a aucune raison d'avoir peur, mais quand même, il s'amuse beaucoup trop à penser qu'il a le contrôle.

À califourchon sur ses hanches, mes mains pressent ses bras contre le lit. Je regarde autour de moi, n'ayant rien avec quoi je pourrais facilement l'attacher, ce qui me laisse ma force contre la sienne.

Je suis parfaitement consciente que je ne fais pas le poids, mais peut-être que ça joue en ma faveur.

— Bien sûr, quelle erreur de ma part.

Il me sourit, ses yeux gris d'une nuance argentée et bleutée que je n'ai jamais vue auparavant. C'est hypnotisant, comme tout le reste chez lui.

Pendant un instant, je me perds dans sa façon de me regarder. Mon pouls s'accélère, une chaleur se love au creux de mon ventre, et je ne sais pas si je veux gagner à ce jeu ou m'y abandonner complètement.

M'abandonner à lui.

— Si tu m'appelles princesse encore une fois…

Luca arque un sourcil, feignant l'innocence, mais une lueur de défi brille dans son regard.

Il bouge sous moi, son sexe dur et pulsant entre nous, et son sourire narquois s'élargit. Il sait parfaitement ce qu'il me fait ressentir, et il en profite.

— Qu'est-ce que tu feras si je le fais ? me provoque-t-il doucement, sa voix à peine plus qu'un murmure contre ma peau, m'invitant à donner suite à ma menace.

Venant de n'importe qui d'autre, je le détesterais pour ça, mais je ne pourrais jamais détester Luca.

Un sourire malicieux effleure mes lèvres tandis que je me penche.

— Tu veux vraiment le découvrir ?

Je le taquine, laissant ma voix descendre en un murmure rauque.

J'entends son léger hoquet quand j'ondule contre lui, et je vois qu'il lutte contre la tentation.

Mes doigts se resserrent autour de ses poignets,

le défiant de riposter, mais il reste parfaitement immobile, les yeux rivés aux miens, affamés et sans faillir. Pendant une fraction de seconde, c'est comme si nous étions suspendus dans le temps, enlacés dans un champ des possibles, chaque respiration chargée d'anticipation.

— Mon Dieu, oui, vraiment, souffle Luca, et ses yeux se ferment tandis que je le taquine avec mes hanches.

Il avance prudemment, essayant de garder le contrôle alors que la chaleur flambe entre nous, et je relâche mon emprise sur son bras assez longtemps pour laisser mes doigts descendre vers son sexe.

Je veux le toucher, le caresser, le faire crier mon nom et qu'il me pardonne. Chaque respiration qu'il prend est lente et épaisse. La chaleur nous submerge, rien qu'à l'écoute de sa respiration, mon cœur bat la chamade tandis qu'il nous fait basculer rapidement et que je me retrouve à plat dos.

— Tu t'amuses bien ? me lance-t-il avec un grand sourire.

Mes doigts taquinent le gland de son sexe, et ses yeux se ferment tandis que sa tête bascule en arrière et qu'il savoure mon toucher.

Je guide mes doigts le long de sa verge et j'écoute chaque respiration rauque et chaque halètement d'air qu'il désire ardemment, ravie d'être responsable de ces bruits divinement beaux qu'il émet.

Je dis d'un ton moqueur :

— Je ne fais que commencer, princesse.

Ses yeux me lancent un regard noir pour avoir utilisé ce surnom sur lui. Mais avant qu'il ne puisse ajouter quoi que ce soit, je guide son sexe dur comme la pierre en moi et je le réduis au silence.

Il y a une première fois à tout.

Ses yeux se ferment dans la béatitude, et mon cœur s'emballe à cette sensation alors que je le prends profondément en moi.

Luca se retire et me repousse avec force.

— Qu'est-ce que—

— Préservatif, murmure-t-il, et il se tourne vers la table de nuit pour en prendre un.

Merde.

Je n'arrive pas à croire que j'ai oublié le préservatif. Mais nous n'avons pas d'autres partenaires, du moins je n'en ai pas eu, et je ne pense pas que Luca m'ait été infidèle.

— Je prends la pilule, dis-je, espérant que cela apaisera ses inquiétudes.

— C'est vrai.

Il déchire l'emballage et enfile le préservatif sur son sexe avant de revenir vers moi.

— Maintenant, où est-ce qu'on en était ?

Je souris et le laisse mener cette danse parce que, pour l'instant, peu m'importe qui est dessus ou dessous. Nous pourrions baiser debout, ça n'aurait pas d'importance. Je veux juste Luca, *maintenant.*

— Tu étais sur le point de me baiser parce que je t'ai appelé *princesse.*

Mon rappel est tout ce dont il a besoin car il reprend le contrôle, son sexe positionné à mon entrée puis il pousse, centimètre par centimètre.

Chaque coup de reins est glorieux et me procure une sensation incroyable.

Il étire mon intérieur, s'enfonce plus profondément à chaque poussée, et j'enroule mes jambes autour de lui pour le prendre entièrement.

— Putain, dis-je d'une voix rauque alors que mes ongles griffent les draps, la literie, puis Luca, désirant autant de contact que possible, et pourtant ce n'est jamais assez.

Ma respiration sort en halètements saccadés et la pièce se réchauffe à chaque mouvement.

Le nom de Luca s'échappe de mes lèvres en un murmure désespéré, mon corps s'arque vers lui pour poursuivre cette sensation électrique qui se construit entre nous.

Je suis déjà si proche, mais je le veux là avec moi. Mes ongles le marquent, revendiquant Luca comme mien alors que je m'accroche à lui, ayant besoin de plus.

Il saisit mes mains et les plaquent contre le matelas de chaque côté pour m'immobiliser.

Son corps est comme de la lave en fusion, il m'inonde de chaleur, de feu, de désir, tandis que je scande son nom encore et encore.

Mon corps s'arque, mes orteils se recroquevillent, alors que je poursuis l'étincelle et que je tombe dans l'oubli.

Il est juste là avec moi, ses lèvres soudées aux miennes pour étouffer les derniers de mes gémissements et supplications alors que sa langue franchit mes lèvres et qu'il se déverse tout entier en moi.

Un moment plus tard, il roule sur le côté pour enlever le préservatif et se nettoyer. Il respire lourdement, mon cœur martèle contre ma cage thoracique tandis que j'essaie encore de reprendre mon souffle.

Il s'allonge avec moi et me tire contre sa poitrine alors qu'il me prend en cuillère.

Mes yeux se ferment, comblée.

Cela fait trop longtemps qu'il ne m'a pas tenue dans ses bras. Cette sensation est à elle seule chaleureuse et réconfortante. Je lutte pour rester éveillée. Ses doux baisers sur mon épaule m'endorment.

Je ne sais pas combien de temps s'est écoulé, mais je sens le lit bouger et j'entends Luca s'habiller.

— Tu vas à la fête ?

Je bâille et remonte les draps autour de moi.

Luca me lance mon maillot que je portais plus tôt pour le match, pour que j'aie quelque chose sur moi quand Zeke se réveillera inévitablement et fera irruption dans notre chambre.

C'est une mauvaise habitude depuis que j'ai commencé à dormir dans sa chambre.

Je me redresse et j'enfile le maillot par-dessus ma tête. Mes yeux sont lourds. Je veux me rendormir dans les bras de Luca, mais je ne pense pas que cela se reproduira ce soir. Du moins pas avant qu'il ne rentre.

— Juste pour une heure, peut-être deux au maximum. Je dois aller chercher Kensley, la déposer aux dortoirs puis ramener Nova, Ashton et Liam à la maison.

— Quelqu'un d'autre ne peut pas le faire ?

Je bâille à nouveau en me glissant sous les couvertures.

— Je ne fais pas confiance aux gars, ils ne seront pas sobres. Je serai de retour avant même que tu t'en rendes compte.

Luca s'approche et dépose un baiser sur mon front.

— Bonne nuit, princesse, dis-je pour essayer de le provoquer.

Il grogne et capture mes lèvres dans un baiser ardent, ses doigts emmêlés dans mes cheveux alors qu'il me serre fort contre lui.

— Continue à m'appeler comme ça, princesse, et tes fesses vont finir en feu.

TREIZE

LUCA

IL ME FAUT toute mon énergie pour quitter la maison, la chaleur de mon lit où dort Harper. Ça faisait des semaines que je ne l'avais pas touchée, que je n'avais pas caressé sa peau, embrassé et vénéré son corps.

Une partie de moi veut rester au lit, mais j'ai promis à l'équipe que je serais là, et j'ai aussi promis à mes amis que je les ramènerais ce soir.

De toute façon, ce ne sera que quelques heures à la fête et ensuite je pourrai me blottir avec Harper pour le reste de la nuit. Nous avons toute notre vie ensemble.

Je me dirige vers l'ancien logement où je vivais le semestre dernier.

De l'extérieur, la maison semble identique.

La porte d'entrée est déverrouillée, et j'entre en la refermant derrière moi. L'intérieur est chaud, douillet et bruyant.

La musique pulse tout autour de nous. Chase aime vraiment monter le volume des enceintes, et il a définitivement redécoré. L'endroit crie « garçonnière », et l'odeur est un peu âcre.

Kensley et Brooks traînent près de la cuisine. Il est appuyé contre le mur ; elle a un verre à la main et rit de ce qu'il raconte. Il y a définitivement une ambiance entre eux, et Brooks est un mec bien. C'est le première année le moins agaçant de l'équipe.

Il est clair qu'ils flirtent. Son langage corporel hurle qu'il est intéressé ; il se penche vers elle, écarte les cheveux de ses yeux et garde sa main sur sa joue un instant.

Je détourne le regard ; ce n'est pas mon affaire ce que fait la meilleure amie de Harper ou qui l'intéresse.

Le canapé du salon est occupé par Chase et une fille que je ne reconnais pas. Ils sont tous deux en train de créer des liens très intimes.

Ashton et Nova sont assis en face d'eux sur le

« loveseat », dont le nom ne m'enchante pas, mais ce n'est qu'un fauteuil. Ils bavardent sans arrêt. Nova se lève, verre à la main, et balance ses hanches au rythme de la musique.

Elle a clairement assez bu.

Dieu merci, Ashton la surveille ce soir.

C'est agréable de ne pas avoir à m'inquiéter pour ma petite sœur. Je passe devant Kensley et Brooks pour entrer dans la cuisine, où j'attrape un gobelet en plastique de punch. Sans aucun doute, il y a une tonne d'alcool mélangé dedans.

Même si je préférerais une bière, il semble que ce soit la boisson de choix ce soir.

Je m'en contenterai.

C'est mieux que de rester sobre à cette fête sans Harper.

Je ne prévois pas de prendre plus d'un verre. Bon, deux maximum.

Mon esprit revient à ce soir, quand j'ai vu Harper à mon match avec Zeke, tous deux vêtus des maillots des Narvals. Je voulais patiner vers elle avant le début du match, mais je savais qu'elle serait ma plus grande distraction.

Pas nécessairement dans un mauvais sens, mais j'avais besoin de me concentrer.

Je dois passer professionnel.

C'est la seule façon d'échapper à l'arrangement de Dante qui veut que je travaille sous ses ordres.

Et même si ce ne serait qu'une solution temporaire, si je peux devenir assez connu, il ne voudra pas que je sois impliqué dans l'entreprise. Il y aurait trop de projecteurs, un public national curieux à mon sujet quand je finirai par prendre ma retraite.

Le hockey doit être ma porte de sortie de Breckenridge. Loin de la vie que Dante a choisie pour moi et ma famille.

Je prends une gorgée du punch électrique, et mon Dieu, il laisse une sacrée morsure. La brûlure est bienvenue alors qu'elle descend dans ma gorge. Je verse une autre louche dans mon gobelet puis me dirige vers le salon pour retrouver Ashton et Nova.

Je suis surpris qu'Ashton n'ait pas ramené de filles récemment, mais j'apprécie vraiment qu'il garde ses conquêtes hors de la maison.

Connaissant Ashton, il doit probablement coucher avec des filles dans leurs chambres universitaires, ce qui me convient parfaitement, moins de drame.

En entrant dans le salon, Nova danse et se balance au rythme de la musique. Elle prend une autre gorgée de son gobelet rouge en plastique.

Ashton est en train de lui parler, et à en juger par son expression, il est probablement agacé qu'elle boive. De la même façon que ma petite sœur m'irrite quand elle n'écoute pas.

Les frères et sœurs.

Nova grimpe sur la table basse en bois, et je m'approche rapidement, inquiet qu'elle ne tombe avec ces talons, ou pire, que la table ne s'effondre sous elle.

Je tends une main.

— Allez, descends, Nova. Tu as assez bu.

Nova glousse, ses mots pâteux.

— J'ai une annonce à faire ! crie-t-elle.

Quelques-uns de mes coéquipiers qui ne sont pas en pleine séance de pelotage la regardent.

— Nova.

Je la réprimande, mais elle me fait signe de m'écarter.

— Un jour, je vais épouser Ashton Rinaldi.

Ses bras s'étirent vers lui, ses yeux de biche battant frénétiquement.

— On rentre à la maison.

Je grogne en attrapant ses hanches pour la mettre sur mon épaule.

Ma petite sœur se ridiculise. Elle a clairement trop bu.

— Pose-moi !

Nova frappe mon dos avec ses poings.

— Ashton, dis-lui de me poser.

Ses mots sont confus et son corps gigote tandis qu'elle me combat.

Ashton se lève et franchit les quelques pas qui nous séparent.

— Tu devrais écouter ta sœur et la poser.

Mon regard se durcit sur Ashton.

C'est mon meilleur ami.

Pourquoi me dit-il quoi faire avec ma petite sœur ?

— Elle est ivre. Je la ramène à la maison. On s'en va, maintenant. Va chercher Kensley et Liam.

Je me tourne pour me diriger vers la porte d'entrée.

— Pose ma petite amie, maintenant, dit Ashton, et pendant un moment, tout vacille.

— Petite amie ? Tu sors avec *ma* sœur ?

La chaleur envahit mon visage, et mon cœur tonne dans ma poitrine.

Je dépasse Ashton à grandes enjambées pour poser Nova sur le canapé.

— Reste là, dis-je pour l'avertir de ne pas bouger.

Nova n'écoute pas.

Elle n'écoute jamais.

Elle se lève et trébuche vers nous.

— S'il te plaît, ne sois pas fâché, Luca.

Nova bat de ses yeux bleu clair devant moi, mais là où ça pourrait marcher pour Ashton, ça ne me fait aucun effet.

J'ignore Nova et attrape Ashton d'une main pour le tirer plus près de moi, nos visages à quelques centimètres l'un de l'autre.

La chaleur lèche ma peau. Mon sang devient aussi chaud que de la lave en fusion.

— Une règle. Je n'ai jamais eu qu'une seule putain de règle, dis-je entre mes dents serrées.

Ma mâchoire tressaute et je le repousse en arrière, mes mains serrées en poings le long de mon corps.

— Écoute, je ne fais pas que coucher avec ta sœur—

Je me jette sur Ashton, l'attrape par le col de sa chemise et le plaque contre le mur du salon.

— Je t'avais prévenu de ne pas toucher à ma sœur !

— Je tiens à elle, Luca. Ce n'est pas juste une fille avec laquelle je couche.

Ses mots me frappent plus fort que n'importe quel coup physique.

— Je ne te crois pas ! J'ai vu les filles que tu ramènes dans ton lit, une nouvelle chaque soir.

Nova nous observe, les yeux écarquillés, et Liam déboule au coin du mur pour me tirer loin d'Ashton.

— Ce n'est pas une aventure d'un soir, pas pour moi.

Le regard d'Ashton va de moi à Nova. L'air vibre d'électricité.

Brooks attrape mon autre bras, Liam à ma gauche, Brooks à ma droite, pour m'empêcher d'attaquer Ashton.

— On était tous au courant, dit Brooks, son calme ne faisant qu'attiser ma colère.

— Tout le monde ?

Je fulmine, mes yeux écarquillés davantage tandis que je balaye la pièce du regard.

Je dévisage Kensley.

— Même toi, tu le savais ?

Kensley hoche faiblement la tête.

— Je les ai vus s'embrasser il y a des mois quand vous viviez encore ici.

— Ça dure depuis des mois ?

Le choc ne commence même pas à décrire cette sensation déchirante d'avoir été trahi, que mes amis les plus proches et mes coéquipiers m'aient menti.

— On ne savait pas comment te le dire.

Ashton me fixe, des lignes d'inquiétude gravées sur son front.

Nova s'approche de moi et fait un signe à Brooks et Liam. Ils desserrent leur emprise, libérant enfin mes bras, mais ils restent en alerte au cas où je me jetterais à nouveau sur Ashton.

— Je voulais te le dire, affirme Nova, tendant la main pour toucher doucement mon bras. Ashton et moi nous sommes disputés cette semaine justement à propos de quand et comment te l'annoncer.

— Il n'aurait rien dû y avoir à annoncer.

Je lance un regard furieux à Ashton.

— Je vous avais prévenus, tous autant que vous êtes !

Je balaye la pièce du regard en fixant mes coéquipiers.

— Une règle : rester loin de ma petite sœur.

— Luca.

La voix de Nova est douce, calme, elle essaie de me rassurer, mais ça n'apaise pas la montée d'adrénaline qui coule dans mes veines.

— Je ne suis plus une gamine. Je suis à l'université maintenant. Tu ne peux pas t'attendre à ce que je ne sorte avec personne.

Je le sais, et je n'ai jamais attendu d'elle qu'elle ne sorte avec personne.

— Tu peux sortir avec qui tu veux. Simplement pas avec l'un de ces types, dis-je en pointant Ashton du doigt. Les joueurs de hockey sont les pires—

— Tu en es un ! me crie Nova. Est-ce que tu me vois empêcher Harper de sortir avec toi ?

— C'est différent.

— En quoi ?

Nova me fusille du regard.

— On est toutes les deux en première année. On sort toutes les deux avec un joueur de hockey.

— Je ne suis pas un coureur !

Ne réalise-t-elle pas à quel point Ashton et moi sommes différents ?

Ashton se rapproche de Nova et place un bras autour de sa taille.

— Je ne suis plus comme ça ; ta sœur m'a changé.

Je ne crois pas Ashton. Il a juré qu'il ne tomberait jamais amoureux, que l'amour était une notion inventée entièrement par les médias. Il ne voulait pas de relation ; il voulait juste baiser une nouvelle fille chaque soir.

J'ai envie de lui arracher le bras et je fais un pas en avant, mais Liam me retient.

— Ne fais pas ça.

La voix de Liam résonne à mon oreille.

— Et pourquoi pas ?

— Pour commencer, ta carrière de hockey, dit Liam.

Il me maintient fermement.

— Si tu l'agresses, tu seras viré de l'équipe. Ta précieuse carrière, terminée. Ton avenir en NHL, inexistant.

Je serre les dents et expire bruyamment par les narines. J'ai l'impression d'être un dragon qui crache de la vapeur, prêt à inonder Ashton de flammes.

Putain de merde.

— Reste loin de ma sœur !

Les yeux de Nova se plissent.

— Je comprends. Tu es en colère. Furieux qu'on t'ait menti. Je suis désolée qu'on ne te l'ait pas dit quand Harper l'a découvert. On n'aurait pas dû lui faire garder notre secret, mais tu dois voir les choses de notre point de vue…

Attendez.

Harper savait ?

Ce sont les seuls mots que j'entends, et ils résonnent bruyamment dans ma tête, comme une détonation.

Si je ne me sentais pas déjà mourir à l'intérieur, c'est certainement le cas maintenant.

Elle m'a menti.

Encore une fois.

— J'en ai fini ici.

Je repousse Liam et me dirige vers la porte d'entrée.

— Je rentre. Si vous voulez que je vous ramène, vous avez intérêt à être dans ma voiture avant que je parte.

Le trajet du retour est lourd de tension. Je dépose Kensley à sa résidence universitaire avant de rentrer. Nova est assise à l'avant, tandis que Liam et Ashton sont à l'arrière.

Heureusement, Ashton et Nova ont été assez intelligents pour ne pas s'asseoir ensemble dans la voiture, sinon je les aurais peut-être fait marcher jusqu'à la maison dans le froid brutal. Peu m'importe que la température ressentie soit négative dehors.

Le silence remplit l'espace vide, et en arrivant à la maison, je me précipite à l'intérieur et me dirige droit vers la chambre.

Je claque la porte, oubliant momentanément que Zeke dort juste à côté, et je grimace en entendant ses pleurs.

— Putain de merde, dis-je entre mes dents serrées.

— Luca ?

La voix ensommeillée de Harper attise un feu au plus profond de moi, et je le réprime pour faire taire le désir.

— Tu m'as menti.

Mes mots sont aussi froids que l'air nocturne à l'extérieur.

Harper se frotte les yeux en regardant l'horloge et se redresse.

— Quoi ?

Elle est somnolente et désorientée pendant un moment. Je reconnais la confusion, mais je m'en fous royalement.

— Tu aurais dû me le dire !

Elle se laisse retomber sur le lit.

— Tu vas devoir être plus clair. Je ne sais pas pourquoi tu es en colère, Luca.

— Ashton et Nova… et tu étais au courant.

La chaleur irradie dans tout mon corps. Autant j'ai envie de la sortir de la chambre, autant c'est notre chambre. Mais peut-être qu'elle devrait aller dormir sur le canapé ou dans la chambre de Zeke sur le matelas simple.

Un profond soupir s'échappe de ses lèvres, et elle tapote le lit à côté d'elle, l'espace vide, mon espace.

— Viens, on doit parler.

La chaleur brûle à travers mon corps. J'arrache mon sweat-shirt par-dessus ma tête. Je devrais me changer pour dormir, mais le sommeil n'est pas pour tout de suite. Je suis trop énervé par la colère, alimenté par le feu que Harper a créé.

— Je n'ai pas envie de parler.

Les mots de Harper sont doux, désarmants, mais ils ne me calment pas.

— Alors tu préfères juste crier ?

Je lui tourne le dos, face au miroir. Il fait noir. Je ne peux voir ni son reflet ni le mien à cette heure. Je me déshabille, trouve un caleçon propre et un t-shirt à enfiler. Dormir nu à côté d'elle est trop intime ce soir.

Pas que nous n'ayons pas déjà fait *ça*, mais ça ne change pas le fait que je sois en colère contre elle.

— Tu m'as menti.

Harper soupire et se redresse dans le lit. Sa voix est plus douce, et cela devrait me détendre, mais au contraire, ça m'irrite.

— J'ai surpris Ashton et Nova en train de... faire des choses.

Elle fait des gestes avec ses mains et pointe vers la porte.

— Dans le couloir.

— Depuis combien de temps ?

Elle se mord la lèvre inférieure et grimace en détournant le regard.

— Un certain temps.

— Depuis. Combien. De. Temps.

Le ton de ma voix devient plus agacé parce qu'elle ne répond pas à ma question.

— Un moment. C'était avant notre mariage mais après notre emménagement dans cette maison. Je ne connais pas la date et l'heure exactes.

Est-ce qu'elle se montre insolente avec moi ? Je souffle assez fort pour qu'elle m'entende.

— Donc, tu as pensé que me cacher des secrets était une bonne idée ?

Elle ouvre et ferme la bouche, réfléchissant peut-être à sa réponse. Son silence remplit le vide entre nous. Finalement, elle répond enfin quand je la fixe, attendant qu'elle me dise la vérité.

— Je n'aurais pas dû accepter. C'est juste que... je ne pensais pas que c'était à moi de dire quoi que ce soit. Je leur ai dit à tous les deux qu'ils devaient t'en parler.

Je grommelle et lance un regard furieux à Harper.

— Ouais, eh bien, ni l'un ni l'autre n'a décidé de le faire. À la place, j'ai dû l'apprendre à la fête, quand Nova a proclamé son amour pour Ashton.

— Elle a quoi ?

Les yeux de Harper s'écarquillent.

— Elle a proclamé qu'elle allait l'épouser. Ironique, quand on pense qu'Ashton a pratiquement fait la même chose dans cette maudite maison en disant qu'il allait t'épouser.

Harper se frotte les tempes.

— Ashton a dit ça uniquement parce que ton père avait orchestré le mariage. Il voulait que tu sois libre et que je sois mariée dans la famille pour me faire taire au sujet de ce pauvre gamin.

— Ce n'est pas la même chose.

Je fais les cent pas dans la chambre. Je ne peux pas rester immobile, et je ne peux certainement pas m'allonger.

— Ashton a proclamé son amour pour toi bien avant que toi et moi n'ayons même échangé notre premier baiser.

— Je… je ne sais même pas quoi répondre à ça, Luca. Je n'ai jamais eu de sentiments pour Ashton.

Son front est plissé, et plus je la regarde, plus mon corps réagit et la désire, avide de son toucher.

Sa voix est douce, suave, captivante, comme le chant d'une sirène qui m'attire vers elle.

Je le rejette.

Je continue à faire les cent pas, maintenant une distance entre nous parce que c'est la seule chose qui me permet de rester rationnel et de ne pas céder à la tentation.

— Ce que je veux dire, c'est qu'Ashton ne tombe pas amoureux. Cette histoire avec Nova, ça va exploser, et quand ça arrivera, on vit ensemble. Qu'est-ce qui se passera alors ?

Harper sort du lit, le maillot flotte sur ses courbes mais s'arrête juste sur le haut de ses cuisses.

Elle est incroyablement sexy et provocante.

J'inspire brusquement, repoussant désespérément les images de Harper nue de mon esprit, parce que je sais qu'elle ne porte rien sous ce maillot.

— Je suis désolée de t'avoir caché la vérité sur Ashton et Nova. Je voulais qu'ils te le disent. Je leur ai dit qu'ils devaient te le dire—

— Et quand ils ont refusé, tu aurais dû venir me voir toi-même. Tu es ma femme !

Harper ferme momentanément les yeux pendant

une brève seconde et expire par la bouche. Elle essaie de rester calme. Je sens que je l'agite, et je souris en coin, sachant que j'ai ce pouvoir sur elle.

— Je suis peut-être ta femme, Luca, mais tu ne m'aimes pas. Tu ne m'as jamais aimée. Tu ne peux pas exiger que je ne te cache pas de secrets alors que tu m'en caches.

Elle s'approche de moi, mais je recule d'un pas et me heurte à la commode contre le mur. Je m'en écarte et déplace mon poids, me tournant pour m'éloigner d'elle sans être acculé dans un coin ou contre un mur.

— Quels secrets est-ce que je te cache ? Parce que j'ai été brutalement honnête avec toi.

Sa main s'avance d'abord, ses doigts effleurent mon bras, et j'arrache mon corps à sa portée.

— Ne fais pas ça.

— Faire quoi ? demande-t-elle, sa voix douce et suave.

Elle est tout sauf innocente.

— Essayer de m'amadouer pour que je te pardonne. Je ne peux pas te pardonner, Harper. Je ne le ferai pas. Pas cette fois.

La chaleur s'enroule autour de mon cœur, et je m'éloigne davantage de sa portée.

— À la place, tu vas me détester pour toujours ?

Ce n'était pas mon secret à révéler, Luca. Tu ne vas plus jamais parler à ta femme ?

Ses yeux vacillent, et il est évident qu'elle souffre. Je déteste être la cause de cette douleur, mais elle a causé la mienne en premier.

C'est peut-être puéril.

Devrais-je lui pardonner ?

Ce n'est pas elle qui fricote avec ma sœur.

— Ashton n'aurait jamais dû toucher à Nova, dis-je en redirigeant ma colère vers lui.

Mais il n'est pas dans la chambre.

Je sors en trombe de la chambre et traverse le couloir. Si Nova et Ashton partagent un lit, je vais le tuer.

— Luca, attends.

Harper se dépêche de me rattraper, sa voix un chuchotement féroce. Alors que je passe en vitesse devant la porte de Zeke, je comprends pourquoi elle garde sa voix basse, et je grimace.

Je ne veux pas gâcher les choses pour Zeke.

Je ne veux pas le réveiller.

Je ne veux pas devenir mon père.

Je suis submergé.

Accablé.

Chaque respiration devient plus lourde alors que je halète. Je sens l'approche d'une crise. Je vacille au bord du ravin, et dans quelques instants, je tomberai en chute libre vers l'oubli.

Son toucher doux est sur mon dos.

Harper.

Je ne me dégage pas. Une petite partie de moi veut la repousser, lui dire de ne pas me toucher, de me laisser tranquille. Mais je ne bouge pas. Mes jambes s'effondrent au sol, ses bras autour de moi pour me protéger.

Chaque bouffée d'air semble impossible à prendre.

Mes poumons luttent et brûlent tandis que je halète et agrippe l'air de mes lèvres comme si je me noyais.

Son toucher est chaleureux. Réconfortant. Harper continue à me frotter le dos, à me tenir, à me bercer alors que la douleur m'enveloppe tout entier.

Les larmes ne se forment pas.

Je ne pleure pas.

Mais mon corps est secoué de douleur. De chagrin. De peur et de souffrance indéniable. J'ai vu trop d'horreurs faites par les mains de mon père. Je ne veux pas devenir comme lui, et pourtant je sens les changements qui émergent.

Je deviens le monstre que je n'ai jamais voulu être.

L'ennemi est en moi.

Harper est silencieuse et immobile, ses bras autour de moi comme une forteresse, me donnant de la force et de l'espoir et, plus important encore, de l'amour.

Du moins, c'est ce que je ressens, mais sans les mots sentimentaux.

Elle m'embrasse sur le côté de la tête, me serre fort contre elle et me caresse le dos d'un geste apaisant qui atténue la douleur dans ma poitrine.

Enfin, je peux respirer à nouveau.

Chaque respiration m'appartient, et je me sens ridicule, recroquevillé sur le sol, mes mains posées sur le sol que nous foulons. Je me détache de son étreinte, le silence s'installe entre nous.

Je ne peux pas soutenir son regard.

Humiliation.

Embarras.

Tout cela me brûle, mais la chaleur de la colère s'est dissipée.

Pour l'instant.

Harper change de position mais ne dit rien tandis que je me lève. Ses mains sont sur mes bras alors qu'elle se lève avec moi, son toucher étant le seul fil qui me ramène à une dure réalité.

Mon regard fixe sa main sur mon bras, mais je ne peux pas la faire bouger, la repousser.

Je ne l'étreins pas non plus.

Le silence pèse lourdement entre nous. Son contact est solide, chaleureux et fort. Il y a une aisance qu'elle seule apporte, que je trouve à la fois réconfortante et curieuse.

Elle rompt enfin le silence, son souffle à peine plus qu'un murmure.

— Allons nous coucher.

J'acquiesce, et elle me guide vers notre chambre en silence. Elle ferme la porte derrière nous pendant que je me dirige vers le lit, mon cœur ne faisant plus rage comme quelques instants plus tôt.

Un soulagement calme et serein m'envahit alors que je me glisse dans le lit.

Harper fait de même, restant de son côté, et elle tend silencieusement la main vers les oreillers, la seule règle que j'ai imposée lorsque nous avons partagé le lit après notre dernière dispute.

Cela semble inutile maintenant, compte tenu de ce que nous avons fait plus tôt dans la soirée et ce soir, avec elle qui me serrait fort.

Je ne veux pas des oreillers.

Je ne veux pas de mur entre nous.

Je la veux *elle*.

Je jette les oreillers supplémentaires par terre.

Même si j'apprécie qu'elle me donne de l'espace, je n'en veux plus et n'en ai plus besoin.

J'attire Harper contre moi, je pousse mon genou entre ses cuisses nues et ma jambe trouve son intimité chaude.

Elle hausse un sourcil, et même dans l'obscurité, je peux voir l'ombre d'un sourire sur ses lèvres. Le plaisir que je peux lui procurer avec un contact si simple.

Je ferais n'importe quoi pour cette femme, *ma femme*.

Mes lèvres s'écrasent sur les siennes, mes mains fermement posées contre ses joues pour la garder serrée contre moi. J'ai besoin d'elle. Je la désire ardemment.

Mon corps cherche la chaleur et le réconfort, et Harper y consent volontiers, entrouvrant ses lèvres pour me laisser entrer.

Ses yeux se ferment alors qu'elle savoure la sensation, et les miens se ferment momentanément tandis que je l'embrasse, mes lèvres dansant de ses lèvres jusqu'à son cou pour vénérer chaque centimètre de sa peau brûlante.

— Luca...

Elle gémit mon nom, ses doigts serrés dans mes

cheveux alors qu'elle ramène mon regard vers le sien.

— Je sais que tu souffres. Je ne veux pas profiter de toi si ce n'est pas ce que tu veux.

— Tais-toi et embrasse-moi, dis-je d'une voix rauque avant d'approfondir le baiser pour la réduire au silence.

J'ai besoin de Harper.

Elle m'offre quelque chose que je ne peux pas trouver ailleurs. Elle comble un besoin que je ne savais pas avoir, enfoui au plus profond de moi.

Le désespoir cède, et elle m'offre chaque parcelle d'elle-même, une fois, deux fois, trois fois. Je vénère son corps comme le temple qu'il est.

Chaque morceau brisé de mon être devient entier quand je suis avec elle, même lorsque les ténèbres en moi menacent de prendre le dessus. Je sens ces ténèbres s'approcher, et elle est la lumière qui les repousse.

La façon dont elle me touche m'ancre, attachant mon cœur au sien. Il n'y a rien au-delà de nous deux, juste la chaleur, le besoin et le désir. Elle est ce que je désire, ce dont j'ai besoin. Il n'y a pas de vie qui vaille la peine d'être vécue sans elle.

Tout le reste s'estompe, la douleur, les doutes, le monde extérieur à notre étreinte. Tout ce que je ressens, c'est Harper, son cœur qui bat à l'unisson avec le mien, son souffle mêlé au mien, créant un rythme qui nous est propre.

Chaque centimètre d'elle est magnifique et, plus important encore, *mien*. Je trace sa peau du bout de mes doigts pour mémoriser chaque courbe, chaque tache de rousseur, chaque détail magnifique qui est uniquement Harper.

Les doux soupirs et gémissements emplissent l'air, ce qui ne fait que m'encourager davantage. La chaleur s'accumule entre ses cuisses à chaque mouvement de mon sexe.

Ses gémissements et supplications inondent la pièce dans l'extase.

La connexion entre nous est électrique et allume un feu qui consume toute incertitude persistante. Elle est mon réconfort, mon sanctuaire, et je ne la laisserai jamais partir.

Je suis proche, au bord de l'abîme, désirant ardemment la sensation de tomber avec elle, ensemble.

Elle y est presque avec moi.

— Luca...

Son gémissement est empreint de désespoir et de besoin, ce qui accélère davantage mon rythme et fait vibrer mon sexe alors que je poursuis l'orgasme avec elle.

Mes doigts caressent son clitoris, et j'observe son visage, j'étudie chaque ligne et courbe de son corps alors que ses hanches se soulèvent du matelas, son dos arqué, ses orteils recroquevillés, tout son corps couvert de frissons tandis que ses mains agrippent les draps.

Son intérieur tremble et se resserre autour de mon sexe, la sensation est bouleversante et me fait basculer avec elle. J'ai du mal à garder les yeux ouverts, mais je veux la voir s'abandonner pour moi.

Elle est plus belle que l'aurore boréale par une nuit d'hiver, plus magnifique qu'un lever de soleil sur les sommets de la plus haute montagne.

Je renoncerais à tout pour elle.

Je mettrais le monde à feu et à sang si cela signifiait garder Harper et Zeke en sécurité.

Observer l'éclat de ses joues, le sourire sur ses lèvres, le halètement de son souffle alors qu'elle essaie de saisir son orgasme dans sa course vers l'oubli, est la vision la plus belle.

Elle se penche pour m'embrasser, ses lèvres douces au goût de cerise tandis que j'enroule mes bras autour d'elle et l'attire contre moi, et je grommelle en réalisant mon erreur.

— On n'a pas utilisé de préservatif.

Il n'y a aucune crainte dans sa voix, aucune inquiétude, ce qui me fait hésiter.

— Ce n'est pas grave.

Ses mains caressent mes bras.

— Je prends la pilule.

Le soulagement m'envahit, et bien que je l'aie déjà entendue prononcer ces mots auparavant, il y a un sentiment de liberté à savoir qu'il n'y aura pas d'autres petits qui courent partout, du moins pas avant que nous soyons tous les deux prêts.

QUATORZE

ASHTON

LE TRAJET en voiture jusqu'à la maison aurait pu être explosif. La tension était insurmontable, et Nova m'a au moins écouté quand je lui ai chuchoté qu'elle devait s'asseoir à l'avant.

Heureusement, elle ne m'a pas contredit.

Luca fait irruption dans la maison et claque la porte de sa chambre, montrant clairement qu'il est toujours royalement en colère contre moi.

C'est compréhensible.

Je ne sais pas ce qu'il faudra pour qu'il me pardonne. Peut-être quand il réalisera que je tiens vraiment à Nova. Elle est plus importante pour moi que n'importe quelle fille avec qui j'ai été, et il y en a eu beaucoup sur cette liste.

Je peux comprendre pourquoi il est furieux.

Il s'inquiète pour sa petite sœur.

Il pense qu'elle n'est qu'une fille de plus à baiser, ce qui est loin de la vérité.

J'apprécie son inquiétude. Croyez-le ou non, si les rôles avaient été inversés, j'aurais aussi voulu lui casser la gueule.

Heureusement, Brooks et Liam ont empêché que mon visage ne soit défiguré et couvert d'ecchymoses. Je leur dois une fière chandelle.

Nova entre directement dans ma chambre. Il n'y a même pas de tentative de discrétion ce soir. À son expression et sa démarche, elle est encore éméchée.

Merde.

J'ai bu quelques verres ce soir, mais Nova a bu plus que moi. Je n'ai pas vraiment compté combien de verres elle a pris, mais elle buvait ce punch comme si c'était du jus de fruit et, eh bien... l'alcool avait effectivement un goût sucré.

Nova sourit, battant de ses longs cils vers moi, ses yeux bleu ciel me captivant dans son regard.

— Tu es fâché contre moi ? demande-t-elle d'une voix douce, fragile, presque enfantine, ce qui me fait marquer une pause.

— Bien sûr que non.

Je m'effondre au bord de mon matelas, et Nova pousse un profond soupir de soulagement.

— Tant mieux.

Elle s'approche et vient s'asseoir à califourchon sur mes hanches, puis pose son poids sur mes genoux.

Ses doigts s'emmêlent dans mes cheveux, son haleine chargée d'alcool, et je ne peux pas me résoudre à aller plus loin ce soir.

— Tu as trop bu.

Je dépose un doux baiser sur sa joue, mes mains sur ses hanches tandis que je la guide pour qu'elle descende de mes genoux.

Nova gémit de protestation.

— Je ne suis pas ivre.

— Tu es complètement pompette.

C'est la réponse la plus gentille que je puisse lui donner parce qu'il n'y a aucune chance qu'elle me donne son consentement ce soir. Et j'ai besoin d'un vrai consentement enthousiaste, pas d'un accord enthousiaste sous l'effet de l'alcool.

Après ce qui s'est passé à la fête, je ne suis pas sûr où nous en sommes.

Je l'aime bien.

Elle a déclaré son amour pour moi.

Enfin, elle a certainement crié qu'elle veut m'épouser un jour, ce qui revient pratiquement à me dire qu'elle m'aime. Aucun de nous n'a encore utilisé le mot en A.

Si je n'étais pas légèrement éméché et si elle n'était pas complètement ivre, nous pourrions peut-être avoir une vraie conversation.

— Je ne suis pas ivre, gémit Nova alors qu'elle se tient devant moi.

— Viens, dis-je, espérant ne pas faire une énorme erreur en prenant sa main pour me diriger vers la porte de la chambre.

Doucement, je tourne la poignée ; le grincement de la porte me fait grimacer.

Je n'ai pas besoin que Luca sorte de sa chambre, furieux contre moi parce que je me faufile vers la chambre de Nova.

Même si, techniquement, je serais en train de ramener Nova dans sa chambre, je ne pense pas qu'il serait content de la voir sortir de ma chambre en titubant, ivre.

C'est une dispute que j'aimerais éviter.

Je pose un doigt sur mes lèvres pour rappeler à Nova d'être silencieuse tandis que nous traversons le couloir et que j'ouvre doucement la porte de sa chambre.

Elle n'est pas particulièrement discrète avec ses pas ou sa respiration, ce qui fait battre mon cœur dans ma poitrine.

Luca va me tuer.

Je l'entends au bout du couloir, en train de passer un sacré savon à Harper.

Même si je me sens mal pour elle, en ce moment je suis juste content que ce ne soit pas contre moi qu'il hurle, parce que si je sais qu'il ne frapperait jamais une femme, il n'hésiterait certainement pas à me cogner dessus.

Nous parvenons à nous faufiler dans la chambre de Nova, et je ferme la porte aussi silencieusement que possible, mais le léger clic me fait rester immobile un instant.

Aucun signe de Luca.

Pas de porte qui claque ni de pas qui martèlent le sol.

Il est trop occupé à se disputer avec Harper pour remarquer que je raccompagne Nova dans sa chambre.

Je peux respirer à nouveau.

Je me tourne vers Nova, qui se tient près de son lit, la tête inclinée, m'attendant diligemment.

— Tu viens te coucher ? demande-t-elle, et le

sourire sur son visage me donne envie de la satisfaire.

Mais je ne peux pas.

Pas ce soir.

Pas pendant qu'elle est ivre.

— Je vais te border, dis-je dans l'espoir que cela la satisfera.

Nova gémit, et je jure que ce son va droit à ma queue. Mon corps réagit comme il le fait toujours avec elle, ce qui rend tout beaucoup plus difficile.

Elle ne va pas me faciliter la tâche, n'est-ce pas ?

Nova tire les draps et se déshabille sans cérémonie jusqu'à être complètement nue.

Putain de merde.

J'inspire brusquement.

J'ai envie de traverser la pièce, de couvrir ses lèvres des miennes et de la prendre.

Mais je ne peux pas, et je déteste ma vie en ce moment.

Si Luca n'avait pas été à la fête, les choses seraient peut-être différentes. Elle serait toujours ivre, mais au moins je saurais qu'elle me veut. Elle m'a voulu ce qui semble être des milliers de fois avant. Mais après ce qui s'est passé, je ne peux pas en être certain.

J'ai besoin de l'entendre me dire que nous allons bien.

Que nous traverserons cela ensemble.

Cette conversation doit avoir lieu quand elle sera sobre.

Quand elle aura le temps de vraiment décider si je suis toujours ce qu'elle veut après l'explosion de Luca.

Parce que je ne veux pas créer de fossé entre elle et sa famille.

— Tu viens... au lit ? dit-elle avec un sourire espiègle.

Elle sait exactement ce qu'elle me fait, ses seins fermes me fixent droit dans les yeux, son sexe supplie d'être goûté.

J'ai la bouche sèche.

Mon sexe palpite, désirant être touché par sa main, ses lèvres, sa chatte enserrant fermement ma verge.

Je lui ordonne :

— Monte dans le lit.

Le sourire ne quitte pas son visage tandis qu'elle recule de deux pas et s'allonge comme si elle m'attendait.

Je connais sa chambre comme la mienne. J'ouvre le deuxième tiroir et saisis un pyjama pour qu'elle puisse s'habiller, l'apportant jusqu'au lit.

— Des vêtements ?

Son sourire radieux se transforme rapidement en grimace boudeuse.

— Au cas où Zeke débarquerait dans ta chambre demain matin.

Je l'aide à passer ses bras dans le débardeur, puis elle enfile elle-même son short de pyjama.

— Je te déteste, grommelle-t-elle.

Je ne prends pas ses mots à cœur. Je ne peux pas. Parce que si je le faisais, ils me brûleraient, et je ne pourrais jamais m'endormir cette nuit.

— Rallonge-toi.

J'éteins la lumière de la chambre puis m'assieds au bord de son lit. Le matelas s'affaisse sous mon poids tandis que je remonte les couvertures sur elle.

Elle souffle d'exaspération et se tourne sur le côté pour me tourner le dos.

Je ne sais pas si elle est vraiment fâchée ou si elle fait semblant parce que je l'ai obligée à mettre son pyjama. Je ne l'ai pas intentionnellement rejetée ce soir, pas de la façon dont elle semble le croire.

J'espère juste qu'elle joue la comédie, qu'elle est simplement tenace comme à son habitude et qu'elle n'est pas vraiment en colère contre moi.

— Pousse-toi un peu, dis-je doucement, et elle se décale légèrement, me laissant à peine assez de place pour me glisser derrière elle.

Les couvertures forment une couche supplémentaire entre nous, mais ça ne me dérange pas ce soir.

Mon bras s'étend sur son flanc, mon souffle caresse sa nuque tandis que je me blottis contre son corps du mieux que je peux.

— Tu es un vrai allumeur, marmonne-t-elle. Monte dans mon lit. Je promets que je ne mordrai pas.

Je ris doucement.

— Moi, je pourrais.

— Tu ne le feras pas. Tu es tout en paroles, surtout ce soir.

Je mordille son cou pour jouer, et elle glousse et presse ses hanches contre les miennes.

La chaleur monte, la pièce semble gagner plusieurs degrés. Je dois m'arrêter. Son cœur n'est pas un jeu, et j'ai besoin d'une autre douche froide.

— Dors un peu, dis-je avant d'embrasser sa joue et de la serrer plus fort contre ma poitrine.

— C'est difficile quand j'ai envie de faire l'amour avec toi, ronronne-t-elle en se retournant pour me faire face.

Il n'y a pas une once de tension entre nous, ce qui m'aide au moins à me détendre, mais le feu semble toujours brûler en elle ce soir.

Et j'ai tellement envie de l'aider, mais je ne peux pas.

Je ne le ferai pas.

— Tu es éméchée.

Elle est plus que légèrement éméchée, mais j'essaie d'être gentil et de ne pas lui donner l'impression que je la rejette à nouveau.

— Tu ne peux pas consentir en toute conscience.

— Bien sûr que si, grommelle-t-elle en me poussant hors de son lit.

Son sourire s'élargit quand je heurte le sol, puis le rire commence à gronder dans sa poitrine.

Mes yeux s'écarquillent, priant pour que Luca ne débarque pas dans sa chambre à tout moment, car il n'y a aucune chance qu'il n'ait pas entendu mon cul heurter le sol.

Nova me sourit radieusement.

— Je consens à ce que ton petit cul dorme sur mon plancher pendant que je me baise avec mon lapin.

Elle tend la main vers la table de nuit et l'ouvre.

Que Dieu m'aide.

Elle allume le jouet, et son bourdonnement emplit la pièce.

Elle le glisse sous les draps et se met à gémir mon nom, et je n'en peux plus.

Je bondis du sol et trébuche en reculant vers la porte. Je veux la regarder se toucher, même l'aider, mais je ne peux pas. Pas ce soir.

— Je retourne dans ma chambre.

Je me sens comme un lâche en reculant. Mon dos heurte doucement la porte, et je m'esquive pour regagner ma chambre.

Il m'est impossible de dormir, sachant ce que fait Nova juste de l'autre côté du couloir.

Et même si je ne peux pas entendre son lapin vibrer et tournoyer, je sais que ce maudit jouet est en train de la baiser.

Je veux être celui qui glisse sa queue entre ces douces lèvres et s'enfonce en elle.

Je m'effondre sur mon lit, mon corps brûlant de chaleur. Une douche froide serait bien, mais ça pourrait aussi réveiller Luca.

Putain, tant pis.

Il est tard. Avec un peu de chance, il est déjà au lit, endormi, et il me foutra la paix.

Je me dirige silencieusement vers la salle de bain, verrouille la porte, allume la ventilation et fais couler une douche glacée. Mon sexe palpite tandis que je me déshabille, et je ne peux m'empêcher de le caresser.

Savoir qu'elle est à deux portes de là, en train de se donner du plaisir, fait s'emballer mon pouls. Elle se baise en imaginant que ce jouet est moi.

Je suis son fantasme.

C'est suffisant pour me rendre complètement dur, et j'ai besoin de trouver ma délivrance ce soir.

Au diable la douche glacée.

Je tourne le robinet sur chaud, et la vapeur commence à emplir la cabine de douche.

Je me glisse sous le jet brûlant et le laisse ruisseler sur mon dos pendant que je me caresse, les yeux fermés, imaginant ses lèvres, sa langue, sa bouche en train de prendre chaque centimètre de moi.

Putain.

Il ne faut pas longtemps avant que je sois au bord du précipice, et merde, je suis prêt à me laisser aller. Pas besoin de me retenir, de prolonger le moment et de me torturer davantage.

Mon souffle sort par à-coups saccadés, mêlé au bruit de l'eau qui martèle mon dos.

La chaleur submerge mes sens alors que mon sexe palpite dans ma main, et d'une main, je m'appuie contre le mur de la douche pour me maintenir debout, tandis que j'imagine que c'est sa bouche qui m'amène au bord de l'orgasme, avalant chaque goutte que j'ai à offrir.

Mon corps se tend et tremble alors que la chaleur s'enroule dans mon bas-ventre. L'idée de Nova en train de se toucher ne fait que m'exciter davantage et rend le désir plus intense. Je me mords la lèvre inférieure pour m'obliger à rester silencieux, je ne veux pas que quiconque entende mon besoin désespéré.

Le jet de la douche devient froid quand je termine, me forçant à couper l'eau alors que je halète fortement pour reprendre mon souffle.

C'est à peine suffisant pour satisfaire le besoin que Nova éveille en moi, mais ça devra faire l'affaire pour ce soir.

Aux premières heures du matin, je m'agite et me redresse dans mon lit quand ma porte de chambre s'ouvre.

Je jette un coup d'œil à l'horloge. Il est à peine plus de sept heures et le soleil va bientôt se lever. En cette période de l'année, il ne se lève pas avant sept heures quarante-cinq environ. Et je reconnais cette silhouette entre mille.

Nova.

— Je peux me glisser dans ton lit ?

Sa voix est hésitante, et je sens une bouffée d'air froid en tirant les couvertures.

Nova grimpe dans mon lit et mes bras l'entourent instantanément tandis que je ferme les yeux, mais je ne pense pas pouvoir me rendormir.

Il me reste moins de vingt minutes avant que mon réveil ne sonne. Je n'ai pas d'entraînement de hockey ce matin, puisque nous avons joué hier soir, ce qui m'a permis de dormir un peu plus longtemps.

Elle enroule ses bras autour de moi ; ils sont froids, et son corps me fait frissonner.

— Tu es gelée.

Je la serre davantage contre moi, mes jambes s'emmêlant aux siennes pour tenter de la réchauffer sous la chaleur des couvertures.

— C'est à cause de ce pyjama, dit-elle avec un sourire espiègle en posant sa tête sur mon oreiller.

Elle appuie son front contre le mien.

— On va bien ?

Un léger sourire se dessine sur mes lèvres. Mes mains s'accrochent à sa taille pour la tenir aussi serrée que possible, si c'est une indication de mes sentiments pour elle.

— Je vais bien.

J'inhale son parfum enivrant et ferme les yeux.

— Réveille-toi, marmotte.

Elle passe ses doigts dans mes cheveux et joue avec les mèches.

Je souris avec un bâillement, j'adore quand elle me touche, me caresse si naturellement que ça devient réconfortant.

— Je suis réveillé.

— À peine.

Je peux entendre le sourire dans sa voix.

J'ouvre paresseusement les yeux et je contemple ses grands yeux bleu clair de biche.

— On va bien ? me demande-t-elle à nouveau.

— Comment est-ce que tu te sens à propos de Luca qui a découvert notre relation ?

Je sens son inquiétude. Le fait qu'elle m'ait demandé deux fois si nous allons bien me fait craindre que ce ne soit pas le cas.

Elle pousse un profond soupir et regarde au loin.

— Stressée. C'est mon frère, je l'aime, mais parfois j'ai envie de l'étrangler. Tu sais ?

Je souris et ris doucement, et j'acquiesce.

— Oh que oui.

Je me penche pour presser mes lèvres sur son front et lui offrir un baiser rassurant.

Elle se blottit davantage contre moi, si c'est encore possible, et enroule ses bras autour de ma taille.

— Je ne veux pas qu'il s'interpose entre nous, mais je ne veux pas non plus m'interposer entre vous deux. Vous êtes meilleurs amis. Coéquipiers.

Les rides d'inquiétude marquent son visage, et je ressens cette préoccupation comme un rocher au creux de mon estomac.

— Je pense que nous devons tous les deux trouver le moment de lui parler.

— Séparément ou ensemble ? demande Nova.

— Tu le connais mieux que moi. Il est peut-être mon meilleur ami, mais vous avez grandi ensemble.

— Tu fais le trajet avec lui jusqu'à chez mes parents ce week-end pour Dante ? demande Nova.

— À moins qu'il ne me laisse tomber et m'oblige à prendre le bus, c'était le plan.

Je ne sais pas ce que Luca compte faire après les cours. Nous sommes censés faire la route ensemble, mais pour ce que j'en sais, il pourrait me laisser sur le bord de la route. Ce ne serait pas la première fois.

— Je lui parlerai avant qu'il ne parte en cours,

peut-être que je peux prendre le petit déjeuner avec lui. Ensuite, tu pourras lui parler dans la voiture pendant le trajet ?

— On dirait que tu as tout prévu, dis-je avant de déposer un doux baiser sur ses lèvres.

Je ne suis pas sûr que parler à Luca pendant le trajet jusqu'à chez Dante soit la meilleure idée pour moi, mais je garde cette information pour moi. Inutile de contrarier Nova ou de l'inquiéter. Je trouverai le moment de parler à Luca ce week-end, sans aucun doute.

— Pas du tout.

La lèvre inférieure de Nova est boudeuse, et je me penche pour l'embrasser.

— Tu iras bien. Nous irons bien.

Je veux qu'elle sache que je ne vais nulle part.

— Et si Luca n'accepte pas notre relation, que se passera-t-il alors ?

— Ce n'est pas une option. C'est ton frère. C'est mon meilleur ami. Il devra simplement voir à quel point nous sommes bien ensemble.

J'essaie de paraître convaincant, mais cette pensée m'a traversé l'esprit toute la nuit, me rendant agité et me donnant d'étranges rêves.

Je l'attire sur moi, j'adore sentir son poids peser sur moi. Habituellement, je préfère dominer, mais là, juste l'avoir au-dessus de moi m'apporte du réconfort.

Elle s'assoit à califourchon sur ma taille et attrape mes mains pour me plaquer contre le matelas.

— J'espère que je ne t'ai pas fait peur à la soirée.

Honnêtement, je n'étais pas sûr de ce dont elle se souvenait exactement, vu la quantité d'alcool qu'elle avait bu.

— Tu ne pourrais pas me faire peur.

Je la regarde et je sens mon souffle se bloquer dans ma gorge.

Nova se penche et m'embrasse. Je me laisse fondre dans son baiser, son corps chaud envoie des frissons à travers moi tandis qu'elle bouge ses hanches et se frotte contre moi tout en approfondissant le baiser.

Putain.

Je romps le baiser. Même si j'en ai envie, et Dieu sait combien j'en ai envie, je dois me lever dans moins de cinq minutes pour aller en cours, et elle doit parler à Luca. Nous n'avons pas besoin qu'il débarque et nous surprenne en train de faire des choses indécentes. C'est déjà assez gênant que Harper soit entrée et ait vu ce qu'elle a vu.

— Ce soir, dis-je avant de l'embrasser en nous retournant pour la coincer sous moi.

Elle murmure tandis que mes lèvres marquent son cou.

— Tu dois être avec Luca ce soir. Chez mes parents.

Je grogne, me rappelant notre discussion d'il y a quelques instants, que je ferais le trajet avec Luca. Comme il était facile d'oublier tout cela quand je l'embrassais.

— Merde, je déteste quand tu as raison.

Je dépose un rapide baiser sur ses lèvres.

— J'ai toujours raison.

Nova rayonne de fierté, ses mains posées sur le bas de mon dos, m'enlaçant. Ses doigts commencent à tracer un doux motif et dansent sur ma peau.

Mon réveil nous fait tous deux sursauter, et elle grommelle et descend de moi, sachant qu'il est temps pour nous de nous lever. Nous avons cours ensemble à neuf heures, ce qui donne à Nova amplement le temps de prendre le petit déjeuner avec Luca et d'essayer de lui parler avant que je ne me retrouve coincé en voiture avec lui.

QUINZE

NOVA

JE M'HABILLE RAPIDEMENT et prends mes livres pour les cours, m'assurant d'avoir tout ce qu'il me faut pour ne pas avoir à repasser par la maison.

En sortant de ma chambre, je déambule jusqu'à la cuisine. Zeke prend son petit déjeuner, il engloutit des bouchées de céréales sèches tandis que Harper parcourt l'un de ses manuels tout en mangeant une barre protéinée.

— Bonjour, dit Harper, un léger sourire aux lèvres lorsqu'elle lève les yeux vers moi.

Je n'arrive pas à déterminer si elle et Luca sont toujours en conflit ou non. Elle n'est pas particulièrement enjouée, mais elle n'a pas l'air morose non plus.

— Bonjour. Luca est encore là ? J'espérais lui parler ce matin.

— Il prend son petit déjeuner à la cafétéria. Il est parti il y a environ cinq minutes.

— Je vais essayer de le rattraper.

Je jette mon sac sur mon épaule, enfile rapidement mes chaussures et mon manteau, puis je sors.

Il fait heureusement plus chaud ce matin qu'hier. Le trottoir est dégagé, et je prends un raccourci à travers le jardin du voisin pour traverser le campus en vitesse. En moins de dix minutes, je suis au réfectoire, légèrement essoufflée d'avoir couru. Je ne suis pas vraiment hors de forme ; ce sont les dix kilos sur mon dos, du moins c'est l'impression que ça donne, qui rendent la course plus difficile.

Après avoir repris mon souffle, j'entre dans le réfectoire et je regarde autour de moi jusqu'à repérer Luca qui s'installe seul à une table. Je me dépêche de prendre quelque chose à manger pour moi-même puis j'apporte mon plateau, espérant qu'il me laissera m'asseoir avec lui.

— Cette place est prise ?

Luca lève les yeux de son petit déjeuner, un

morceau de bacon à la main. Il en prend une bouchée et regarde autour de lui. Cherche-t-il Ashton ?

— C'est juste moi.

Je n'attends pas qu'il me dise que je peux m'asseoir avec lui. La question était plus par politesse qu'autre chose. Je pose mon plateau en face de lui sur la table et tire la chaise pour m'asseoir.

— Bien.

Il prend une autre bouchée, mais je jure que sa mâchoire est tellement serrée qu'il va finir par se casser une dent ou deux.

— Je suis désolée qu'on ne t'ait pas mis au courant plus tôt.

J'espère que mes excuses suffiront à l'amadouer. L'irritation s'échappe de lui comme une vapeur qui me frappe de plein fouet.

Il est chaud de colère.

— Vous auriez dû me le dire, mais je ne t'en veux pas.

Luca prend son verre de jus d'orange et en boit une gorgée.

— C'est Ashton que je blâme.

Je soupire et hoche faiblement la tête.

— C'est compréhensible. C'est ton meilleur ami.

J'essaie de trouver un moyen d'apaiser les

choses, mais j'ai l'impression que je viens peut-être de mettre de l'huile sur le feu concernant Ashton.

— C'*était* mon meilleur ami. Maintenant, ce n'est qu'un coéquipier.

Luca repose violemment son verre de jus et en renverse un peu sur la table. Heureusement, le verre ne se brise pas.

Je n'ose pas lui demander s'il est en colère contre Harper aussi. C'était évident hier soir quand il a appris sa trahison et qu'il s'est précipité dans leur chambre.

Encore une dispute entre eux.

Je ne sais pas combien de temps leur mariage peut durer s'ils se disputent constamment. On dirait que c'est tout ce qu'ils font, Luca est toujours en colère contre Harper pour un secret ou un autre qu'elle a gardé.

Je suppose que dans le cas présent, je suis un peu à blâmer.

Je dois savoir. L'incertitude me tue.

— Et Harper ?

Son regard se pose brusquement sur moi.

— Quoi, Harper ?

Il y a de l'inquiétude dans sa voix, ce qui me fait hausser un sourcil.

— Tu es toujours en colère contre elle ?

— Ce qui se passe entre Harper et moi, ça ne te regarde pas, Nova.

Je ne peux m'empêcher de rire sombrement à ses mots.

— Tu as raison. Harper et ta relation ne me regardent pas, tout comme Ashton et moi ensemble ne te concerne en rien.

Son regard se durcit quand il réalise ce qu'il a dit, et en m'écoutant, ce n'est pas tout à fait ce à quoi il s'attendait. Il se penche en arrière dans sa chaise et fixe sa nourriture. Je crois que je lui ai peut-être coupé l'appétit.

Moi, j'ai encore faim. Je mange mes œufs brouillés et prends un morceau de pain grillé de mon assiette, que je grignote en attendant que Luca dise quelque chose.

— Mon problème n'est pas avec toi, Nova.

Ça ne se passe pas exactement comme je l'avais prévu. En fait, je crains d'avoir involontairement aggravé les choses pour Ashton.

Merde.

— Tu n'as pas besoin de te battre avec Ashton. Il n'y a aucune raison, Luca. Nous sommes tous les deux adultes. Il a été bon avec moi. Ashton est doux, gentil ; c'est le parfait gentleman.

— Pas vraiment, grogne Luca. Tu as vu comment

il traite les filles avec lesquelles il couche ? Une fois puis c'est fini.

— C'était avant nous.

Je déteste défendre son comportement. J'ai vu comment il traitait les femmes. Je ne suis pas inconsciente du fait qu'il a probablement couché avec la majorité des première année et peut-être même certaines des deuxième année.

— Ces filles se jetaient sur lui. Je les ai vues faire la même chose avec toi.

— Mais tu ne me vois pas sauter dans leur lit pour ensuite les mettre à la porte après.

— Tu ne peux pas me dire que tu n'as jamais fait ça.

Je ne suis pas idiote. Je sais que Luca a eu sa part de coups d'un soir. Je me fiche de ce qu'il a fait ou de ce qu'Ashton a fait, seulement de ce qu'il fait maintenant.

— Mon passé ne te concerne pas.

Le regard de Luca se rétrécit et il pousse légèrement son plateau vers l'avant, il a manifestement terminé. Il n'a pas mangé autant qu'il le fait habituellement. Il est évident que je l'ai contrarié, mais je ne sais pas non plus comment réparer ce gâchis.

— Écoute, je ne veux pas que quoi que ce soit

s'interpose entre toi et Ashton. Vous êtes meilleurs amis. Ça ne devrait pas changer.

— Il n'aurait pas dû baiser ma petite sœur !

Quelques têtes se tournent, et je suis prête à le poignarder avec ma fourchette s'il ne baisse pas la voix. Je crie à l'intention de ceux qui nous regardent :

— Nous répétons juste des répliques pour notre cours de théâtre !

Luca lève un sourcil mais garde sa voix plus basse, plus calme, nous donnant un peu d'intimité. Il semble qu'il ne veuille pas non plus que toute l'école connaisse nos affaires. Même si quiconque à la fête est déjà au courant et, franchement, toute l'équipe de hockey connait déjà le drame.

— Je ne veux pas me disputer avec toi, Nova.

— Alors ne le fais pas.

Je le regarde droit dans les yeux, le suppliant de faire la paix avec ce qui se passe.

— D'accord. Toi et moi, tout va bien.

Son ton dit le contraire.

— Et Ashton ?

Je ne peux m'empêcher de sentir des papillons dans mon estomac.

Il souffle et croise les bras sur sa poitrine.

— Il ferait mieux de surveiller ses arrières ce week-end.

SEIZE

LUCA

JE N'ARRIVE TOUJOURS PAS à croire que ma petite sœur et mon meilleur ami se fréquentent dans mon dos. Ce n'est pas suffisant que j'aie averti tous les joueurs de hockey de l'équipe de rester loin d'elle, il a fallu que mon meilleur ami me poignarde dans le dos en couchant avec elle et en le gardant secret.

De tous les gars de l'équipe, c'est le passé d'Ashton qui me met le plus en colère dans toute cette histoire.

Ou peut-être est-ce le fait que nous soyons si proches et qu'il ait choisi de ne rien me dire.

Il a eu plein d'occasions de tout avouer.

Mais non, au lieu de ça, il a attendu que Nova soit complètement ivre pour faire une grande annonce.

Elle s'est ridiculisée.

Et même si je ne suis pas content que Harper m'ait caché la vérité, je comprends qu'elle ait pu sentir que ce n'était pas son secret à révéler.

Je lui ai pardonné.

J'ai légèrement pardonné à Nova. Elle est jeune, écervelée et n'a jamais été amoureuse. C'est à peine une adulte ; elle vient juste d'avoir dix-huit ans. Elle a une excuse.

Il n'y a aucune excuse pour Ashton.

Il n'a pas tenu compte de mon avertissement.

Non, il a délibérément choisi de baiser ma petite sœur et ensuite de mentir à ce sujet. S'il était un homme, il aurait tout avoué immédiatement après, m'aurait dit la vérité, confessé qu'il avait couché avec elle.

Peut-être que j'aurais pu lui pardonner.

C'est le mensonge.

La trahison.

Le fait que nous vivions sous le même toit et que pendant des mois, il l'ait gardé secret, comme si elle n'était pas assez bien pour qu'il dise à tout le monde qu'ils sortaient ensemble.

Ça me rend malade.

Nova mérite mieux.

Ma petite sœur mérite un homme qui criera sur tous les toits qu'il l'aime, qu'il veut être avec elle.

De toute évidence, ce n'est pas Ashton.

Après les cours, je rentre à la maison pour aider à préparer le dîner. Harper est déjà dans la cuisine, et Zeke fait du bruit avec les casseroles, prétendant aider alors qu'il est assis par terre.

— Et si je prenais la relève pour la cuisine ?

Je veux lui permettre de s'occuper de Zeke.

— Tu es sûr ? J'ai presque fini la préparation. Il faut juste mettre au four.

Elle découpe les pommes de terre, et les carottes miniatures sont déjà coupées en deux. Il y a du poulet dans une sorte de glaçage, et elle place les pommes de terre et les carottes sur une plaque séparée. Elle jette un coup d'œil au livre de recettes pour suivre les instructions, qui ressemblent remarquablement à quelque chose de similaire.

— On aurait pu manger sur campus ce soir, dis-je en déposant un rapide baiser sur sa joue.

Je ne l'ai jamais vue cuisiner avant, mais j'aime vraiment cet aspect d'elle.

— Je sais, mais ces derniers temps, on dîne avec ta famille le vendredi soir. Je me suis dit que ce serait sympa que j'essaie de nous préparer un vrai dîner au lieu de manger les mêmes trucs au réfectoire. J'espère juste que ce sera réussi.

— Je ne m'inquiète pas. Ça a l'air bon.

— Ça aura meilleure allure quand ce sera sorti du four.

Elle met d'abord les légumes et règle la minuterie du four.

— Qu'est-ce que je peux faire pour t'aider ?

— Ça te dérangerait de surveiller Zeke un moment ? Je vais l'avoir tout le week-end. Ce serait bien d'avoir quelques minutes de pause.

Les mots sortent avant même que je réfléchisse à ce que je dis :

— Tu pourrais venir avec nous et rester chez mes parents ce week-end. Ils ont une chambre pour Zeke. Maman pourrait t'aider avec lui. Elle l'adore tellement.

Harper inspire brusquement et force un sourire. Je vois son hésitation, et je devrais savoir qu'il vaut mieux éviter de suggérer de rendre visite à mes parents.

Ils font partie de la mafia.

Dangereux.

Mortels.

Même suggérer qu'elle vienne est une terrible idée. Je grimace.

— Désolé. Je n'ai pas réfléchi.

Le sourire forcé de Harper s'affaiblit, et elle s'avance. Elle se met sur la pointe des pieds et pose un baiser sur mes lèvres.

— J'apprécie l'offre, mais je vais devoir refuser. Je vais rester ici ce week-end.

— Ce sera calme ; il n'y aura que Nova, Liam et vous deux, dis-je en faisant un signe de tête vers Zeke.

Elle sourit et secoue la tête.

— Rien n'est calme avec ce petit gars.

Harper se penche et soulève Zeke dans ses bras, avant de lui faire des bisous.

Il la repousse puis tend les bras vers moi.

J'hésite, non pas parce que je n'adore pas ce petit, mais parce que j'ai peur de trop m'attacher. C'est le fils de Harper. Je ne veux pas le détruire.

Il y a des flashs que je reçois, des souvenirs de mon père, et je me vois de plus en plus en lui. Je ne veux pas être comme Dante, et je ne veux certainement pas blesser Zeke. Mais être forcé de travailler pour l'homme que j'ai détesté toute ma vie, comment puis-je ne pas devenir comme lui ?

— Luca ?

La voix de Harper me secoue alors qu'elle voit Zeke essayer de m'atteindre et mon hésitation.

Cette fois, c'est moi qui force un sourire en le prenant dans mes bras.

— Prends une pause. Je m'occupe de lui.

Son front se plisse tandis qu'elle caresse le dos de Zeke.

— Tu es sûr ? S'il est trop difficile, je peux le reprendre.

Je ris.

— Je ne pense pas que le gamin vienne avec un reçu de retour.

Son nez se plisse, et Harper sourit. Cette fois, c'est sincère.

J'adore son rire. J'adore ce sourire avec sa fossette sur la joue gauche. Ses yeux sombres brillent, et je jure qu'il y a des paillettes dorées qui scintillent sous la lumière du soleil qui filtre par la fenêtre.

— On a définitivement dépassé la période de retour, plaisante Harper avant de froncer le nez à l'odeur qui émane du petit homme dans mes bras. Oh non. Corvée de couche. Tiens, laisse-moi le prendre.

Zeke glousse comme s'il était fier de l'odeur qui

émane de lui. C'est grotesque, mais quand est-ce que *ça* sent bon ?

— C'est bon. Je sais changer une couche. Je m'en occupe.

Je porte Zeke jusqu'à sa chambre, et Harper me suit.

— Tu es sûr ? demande-t-elle en m'observant depuis l'encadrement de la porte.

Est-ce qu'elle ne me fait pas confiance avec Zeke ?

Je ne pourrais pas lui en vouloir.

Je dépose Zeke sur la table à langer et change rapidement sa couche.

La cuisinière émet un bip, et Harper nous laisse tous les deux seuls pendant que je termine de changer la couche avant de l'emmener dans la salle de bain pour me laver les mains.

— Tu as laissé la couche dans sa chambre ? me demande Harper depuis la salle de bain.

J'ai laissé la porte ouverte, et elle est déjà sur mon dos comme si j'étais incapable de gérer un simple changement de couche.

Je serais agacé si c'était quelqu'un d'autre.

— Elle est dans la poubelle à couches. Je sais comment m'occuper de Zeke.

Je lui embrasse le front, et il se tortille pour

s'éloigner de moi, voulant descendre. Je pose délicatement ses pieds au sol, et il file à toute vitesse, les bras écartés, et se met à courir partout comme un petit monstre.

— Dragon ! Roaaar ! s'écrie Zeke en riant et en courant autour du salon.

Même si ses mots ne sont pas parfaitement clairs, j'ai appris à déchiffrer la plupart de son babillage au cours des dernières semaines.

Nova passe la tête hors de sa chambre.

— Le petit dragon va bien ?

— Il va bien ! crie Harper par-dessus le rugissement du petit dragon déchaîné. Désolée pour le bruit.

Nova étudie depuis des heures ou, plus probablement, m'évite. Ça me va ; je pars bientôt chez Dante. Elle aura la maison pour elle tout le week-end, et heureusement, Ashton sera avec moi, donc je n'aurai pas à m'inquiéter qu'ils fassent des bêtises ensemble.

Ashton n'est pas encore rentré. Je m'attends à ce qu'il revienne à temps pour notre départ. Nous avons échangé quelques brefs messages, il a vérifié deux fois qu'il avait bien un moyen de transport ce soir.

Je me sens généreux.

Je ne vais pas l'obliger à marcher ou prendre le bus.

— J'ai préparé assez pour tout le monde, tu es la bienvenue quand ce sera prêt, dit Harper, invitant Nova à dîner avec nous.

Quand la minuterie sonne à nouveau et que cette fois le dîner est prêt, Nova s'arrache à ses livres et rejoint la table pour manger.

— Merci. Ça sent délicieusement bon. Bien meilleur que les nuggets de poulet de la fac.

Nous nous asseyons tous, sauf Ashton, pour dîner. Il est probablement au réfectoire. Liam se joint à nous, bien qu'il soit un peu plus silencieux que d'habitude. Je suppose qu'il était également au courant pour Nova et Ashton et qu'il essaie de maintenir la paix ou du moins de rester dans mes bonnes grâces.

Le dîner est délicieux. Je n'ai pas envie de bouger de ma place à table, mais j'entends la porte d'entrée et je jette un coup d'œil à ma montre. C'est l'heure d'aller chez Dante. Même si nous n'allons pas commencer l'entraînement ce soir, nous allons probablement nous lever tôt demain matin.

Je préférerais dormir dans mon lit avec Harper et me réveiller très tôt pour y aller en voiture, mais ce n'est pas une option. Dante a clairement fait comprendre qu'il s'attend à ce que je reste les week-ends, sauf s'il y a un match de hockey.

Je déteste jouer les jeudis.

Ça signifie des week-ends plus longs et plus de temps à apprendre les ficelles de la mafia.

J'ai maîtrisé le stand de tir, ce qui n'était pas la pire chose au monde. Mais savoir que je dois apprendre à utiliser une arme, à tirer sur quelqu'un ; ça, je trouve ça beaucoup plus troublant.

Je fais un baiser d'adieu à Harper et embrasse Zeke sur la joue avant de prendre mon sac de week-end et de partir.

Il fait froid dehors, l'air vif me permet de voir ma respiration tandis que nous marchons vers la voiture.

Ashton ne dit rien.

Pas d'excuses.

Pas un mot.

Il est silencieux, ce qui m'irrite encore plus.

Je jette mon sac sur la banquette arrière. Ashton fait de même, puis nous montons dans la voiture.

Nous roulons, la radio allumée, le seul bruit entre nous.

Il n'essaie même pas de s'expliquer. Mais je ne suis pas sûr que je l'écouterais non plus.

J'ai pris ma décision ; je suis furieux contre lui.

Il mérite ma colère pour ce qu'il a fait.

Nous roulons en silence jusqu'au domaine. J'entre le code du portail d'entrée, et la clôture en fer forgé s'ouvre.

C'est lent, ça prend plusieurs longues secondes avant que j'appuie sur l'accélérateur et me gare devant.

Alors que nous sortons de la voiture, Dante vient nous accueillir, ce que je trouve assez inhabituel.

— Luca, dit-il, et il y a un sourire sur son visage, mais je n'y crois pas.

Il n'est jamais content de me voir. Je suis le fils qu'il aurait préféré ne jamais avoir. Je suis sûr que si Maman était tombée enceinte d'un autre enfant, il aurait été ravi de pouvoir le manipuler et le contrôler, d'en faire l'héritier de l'empire Ricci.

Ce n'est pas moi, et pourtant, me voilà, forcé de travailler sous les ordres de Dante.

— Entrez, nous avons pas mal de choses à discuter.

Dante nous fait signe de le suivre tandis qu'il monte les marches de l'entrée et ouvre la porte, nous accordant l'entrée dans le domaine.

Je laisse mon sac juste à côté de la porte, j'enlève mes chaussures et mon manteau d'hiver. La maison est bien chauffée, un peu trop à mon goût.

Pratiquement comme si j'étais en enfer. Peut-être que j'y suis. Dante est le diable.

— Je pensais qu'on commençait le travail demain matin.

Ashton est juste derrière moi et se place à côté de moi, déposant son sac de l'autre côté de la porte avant d'accrocher son manteau et d'enlever ses chaussures.

— J'ai une mission de reconnaissance et, malheureusement, ce genre de travail se déroule à la faveur de la nuit.

Dante nous conduit plus loin dans la maison, jusqu'à son bureau.

Ashton et moi entrons. Je lui jette à peine un regard, la tension est palpable entre nous.

— Parlez-nous de la mission.

Ashton est le premier à prendre la parole, pas le moins du monde réticent à commencer une mission.

Jusqu'à présent, je n'ai pas été forcé de faire grand-chose. Apprendre à tirer n'était pas exactement une mission amusante, mais je ne tuais personne. Je visais une cible. Maintenant, je suis plutôt bon, mais j'espère que ça ne fera pas partie de notre prochaine tâche.

— Comme vous le savez, nous contrôlons un certain territoire. Quelqu'un fait passer des marchandises en contrebande juste à l'extérieur de Blue Sky Resort.

Dante sort une carte sur son téléphone et nous montre l'emplacement.

— Ce chemin de terre est rarement utilisé, surtout en hiver. Il s'avère que c'est là que se déroule leur opération. Au bout de la route, il y a un vieux bâtiment abandonné. J'ai besoin que vous fassiez tous les deux un travail de surveillance, que vous preniez des photos pour découvrir exactement ce qu'ils font passer. Est-ce qu'il s'agit de drogues ou d'armes ? J'ai besoin de savoir autant que possible, combien d'hommes sont impliqués, rapportez-moi tous les détails. Vous pouvez vous en charger ?

— Oui, monsieur.

Ashton s'empresse d'accepter d'aider.

— Oui, on peut s'occuper de la surveillance. Est-ce qu'il y a un endroit où on devrait se cacher ?

Comme nous ne connaissons pas le terrain, je ne veux pas qu'on nous repère.

— Je n'ai pas assez d'informations pour vous aider avec ça, restez simplement hors de vue. Éteignez les phares de la voiture, garez et cachez le véhicule si nécessaire, et continuez à pied. Je suis sûr que vous pouvez tous les deux utiliser votre tête et trouver le meilleur moyen d'obtenir des renseignements. La livraison a lieu vers minuit. Vous pouvez y aller.

Dante tend à Ashton un dossier contenant des informations. Il n'y en a pas beaucoup, mais cela détaille les informations que Dante recherche, et il y a un espace pour noter autant de renseignements que possible.

Nous quittons son bureau et récupérons nos chaussures et manteaux, puis retournons à la voiture.

Il n'est pas encore près de minuit, mais nous ne voulons certainement pas arriver tous phares allumés, moteur vrombissant, et alerter tout le monde de notre présence.

— Est-ce que Dante nous a donné quelque chose d'utile dans ce dossier ?

Mon attention est fixée sur la route, au moins il ne neige pas ce soir. Il fait froid, suffisamment glacial pour voir son souffle à l'extérieur.

Ashton feuillette les pages.

— Pas grand-chose. C'est surtout ce qu'il veut qu'on remplisse.

J'appuie sur le bouton de ma portière et baisse ma vitre.

— Il fait un froid de canard !

Ashton me lance un regard noir. Il tend la main vers le chauffage et augmente la température dans la voiture.

Avec un sourire narquois, je lui arrache le dossier des mains et le jette par la fenêtre.

— Tu es complètement taré ? On en a besoin.

J'appuie sur le bouton de la portière et je remonte la vitre.

— On n'est pas là pour prendre des putains de notes pour lui. On va surveiller et se tirer. Ce n'est pas un devoir scolaire.

Ashton marmonne dans sa barbe.

— Quoi ?

Je jette un coup d'œil dans sa direction.

Il croise les bras sur sa poitrine.

— Tu es un vrai connard depuis que tu as découvert que je sors avec Nova.

Un rire sombre bouillonne et s'échappe de mes lèvres.

— Tu penses que c'est *pour ça* que je suis en colère contre toi ?

Ashton s'agite sur le siège avant.

— Ce n'est pas le cas ?

— Tu as brisé la seule règle cardinale que j'avais concernant Nova et ensuite tu m'as menti pendant des mois !

Je garde les yeux fixés sur la route, mais j'ai envie de m'arrêter, de jeter Ashton dehors, de le laisser se débrouiller tout seul.

— Nova est assez grande pour prendre ses propres décisions. Elle n'est plus une enfant, et tu dois arrêter de la traiter comme telle.

— Je ne la traite pas comme une enfant. Elle vient d'avoir dix-huit ans. Tu as au moins attendu qu'elle soit légalement majeure ou est-ce que tu—

Il m'interrompt.

— Je n'ai pas touché ta sœur sans son consentement.

— Tu n'as pas répondu à ma question.

Ma mâchoire se crispe.

— Elle avait dix-huit ans. Je te jure que je n'ai pas posé un doigt sur elle avant qu'elle soit majeure.

— Ça ne rend pas les choses meilleures.

Je le fusille du regard.

— Je t'avais prévenu de rester loin d'elle !

— Je ne peux pas contrôler mes sentiments pour Nova. Oui, tu as dit à tout le monde dans l'équipe qu'elle n'était pas une fille avec laquelle s'amuser. Mes sentiments pour elle sont sincères. On traîne ensemble tout le temps ; tu l'as vu, le flirt, tout ça, c'est arrivé naturellement.

La voix d'Ashton est calme, mais je ne me sens pas du tout calme en l'écoutant me parler de Nova.

— Tu penses seulement que ces sentiments sont sincères parce que tu ne les as jamais éprouvés auparavant. Que se passera-t-il quand tu rencontreras une autre fille qui te fera perdre la tête ? Tu briseras le cœur de Nova, et je serai celui qui devra ramasser les morceaux.

Je ne veux pas voir ma petite sœur se faire blesser par mon meilleur ami.

— Ok, je sais que j'ai peut-être fait quelques erreurs dans le passé avec des filles—

— Quelques erreurs ?

Je ris de son exagération. Il a couché avec des tonnes de filles, plus que je ne peux en compter, et je doute qu'Ashton sache même avec combien de filles au total il a couché.

— J'ai merdé, mais ça ne veut pas dire que je vais continuer à faire des conneries.

— Ça m'en a tout l'air. C'est tout ce que tu as toujours fait, Ashton. Tu es le capitaine de l'équipe « Je-baise-toutes-les-filles ».

Il ne tressaille même pas.

— Ce n'est même pas une vraie équipe. Et personne ne m'appelle comme ça.

— L'*équipe* t'appelle comme ça.

— Menteur.

Ashton me regarde.

— Admets-le. Tu es juste jaloux de ce que Nova et moi avons.

A-t-il perdu l'esprit ?

— Tu te fous de moi. Je peux t'assurer que je ne suis pas le moins du monde jaloux de ta relation *avec ma sœur*.

Je lui jette un coup d'œil, et il hausse les épaules.

— Sémantique. Tu sais ce que je veux dire. Ce que nous partageons, le fait que nous soyons proches et puissions tout nous dire. Il n'y a pas de secrets entre nous. Nous nous apprécions réellement et pouvons supporter d'être dans la même pièce.

Je tressaille à sa mention de *secrets*. C'est ce qui déchire Harper et moi à chaque tournant. Quand les choses reviennent enfin sur la bonne voie, il y a de nouveaux secrets, de nouvelles surprises qui semblent vouloir trouver leur chemin pour détruire notre relation.

Pas cette fois.

Plus maintenant.

Je ne laisserai rien ni personne s'interposer entre Harper et moi.

En libérant un profond soupir, je prends la bifurcation vers la route de notre mission. Il reste deux heures avant minuit, ce qui devrait nous donner largement le temps d'explorer les lieux sans être vus.

Les nuages sont épais, le ciel noir comme l'encre.

La route est couverte de neige, mais le chemin présente déjà plusieurs traces de pneus qui montent cette route désolée.

— Éteins les phares, ordonne Ashton, comme si je prenais des ordres de *lui*.

— Et nous faire sortir de la route ? Non merci. Et notre conversation n'est pas terminée.

Il fait trop sombre pour éteindre les phares et monter en toute sécurité cette route étroite.

— Je ne rêverais pas de l'arrêter maintenant, fulmine Ashton. Ne t'inquiète pas, si tu veux te battre sur la glace, je suis partant.

— Tu vas vraiment te battre contre moi ? Tu sais que je vais te botter le cul, Rinaldi.

Il a un sacré culot ! Après m'avoir trahi et s'être envoyé en l'air avec ma petite sœur, maintenant il veut se battre avec moi ?

Il rit et secoue la tête.

— Tu crois vraiment que tu peux me battre ?

— Ce ne serait pas la première fois.

Je lui lance un regard meurtrier tout en essayant de rester concentré sur la route à une voie.

— C'est trop drôle que tu penses m'avoir déjà battu. Je t'ai laissé gagner, Ricci.

Le ton suffisant de sa voix me donne la nausée.

Il raconte n'importe quoi.

— C'est ce que tu te dis ?

Je monte la montagne lentement, ne voulant pas que le rugissement du moteur alerte quiconque de notre présence. Mais je jure que notre dispute est bien plus bruyante que le ronronnement du véhicule.

Au moins, c'est désert dehors et c'est le milieu de la nuit.

Nous atteignons le sommet où le terrain s'aplatit. À notre approche se trouve le bâtiment délabré de ce qui était autrefois une cabane. Elle est abandonnée, sombre et décrépite.

— Si tu touches encore une fois à ma sœur, je t'achèverai à mains nues.

— Ce n'est pas à toi de la protéger. Plus maintenant, grince Ashton. Elle est à moi. Je suis à elle. Tu n'es que son frère aîné agaçant qui s'immisce dans sa vie.

— Sors de ma putain de voiture.

J'écrase les freins violemment, les roues patinent sur la glace et soulèvent de la boue.

Ashton lance un autre ordre et ignore mon commandement.

— Fais demi-tour. On est à découvert. On ne peut pas se garer ici.

Je l'ignore.

— Sors. De. Ma. Putain. De. Voiture.

La chaleur me brûle les joues, et je serre le volant si fort que je me demande si je ne vais pas en arracher le cuir.

— Avec plaisir. Au fait, Nova va te détester quand je l'appellerai pour lui dire quel connard tu es.

Ashton ouvre violemment la portière et sort.

— Balance.

L'air froid tourbillonne dans la voiture. Il est glacial et l'air nocturne me rappelle le travail que nous sommes venus faire.

Mon estomac se noue.

— Ashton...

— Va te faire foutre, Ricci.

Ashton claque la portière et s'éclipse dans l'obscurité.

Je ne peux pas courir après lui et laisser la voiture abandonnée devant la cabane.

Je fais une manœuvre en trois temps sur la route étroite pour faire demi-tour. Je jette un coup d'œil à l'horloge, il nous reste moins d'une heure avant que le véritable divertissement commence. Il a fallu plus de temps que prévu pour monter la montagne.

Et je viens de laisser Ashton à découvert, dans le froid, seul.

La honte ne met pas des minutes à s'installer en moi, mais des secondes.

Le regret.

Mais je ne peux pas me garer à découvert, pas sans être vu.

Ashton peut se débrouiller seul pendant vingt minutes pendant que je trouve où diable garer la voiture et remonter la route à pied, sans être vu.

Les phares de ma voiture révèlent un ravin de chaque côté tandis que je descends lentement le chemin par lequel nous sommes venus.

J'ai désespérément besoin de trouver une route secondaire, un endroit où me garer, et je pourrai continuer à pied, rattraper Ashton.

Mais je n'ai rien remarqué en montant. Nous étions aussi en train de nous disputer, ce qui ne veut pas dire que j'avais les idées claires.

Je vais devoir être plus attentif en redescendant cette route boueuse.

Descendant lentement la route à une voie, des phares se reflètent sur les arbres au loin.

Merde.

C'est un autre véhicule qui monte la route.

Je tapote les freins et dérape sur la route glacée, tournant le volant pour éviter de tomber dans le ravin.

Mon estomac est dans ma poitrine, et je jure entre mes dents.

Le véhicule devant moi fait rugir son moteur et avance, il m'a repéré. Ils allument leurs pleins phares et m'aveuglent.

Je n'ai guère le choix que de mettre ma voiture en marche arrière. J'enfonce l'accélérateur pour reculer, et je surveille par-dessus mon épaule alors que je navigue dangereusement au bord de la montagne et sur l'étroite route à une voie dans la neige, jusqu'à ce que je me retrouve à nouveau devant la cabane délabrée.

Vraiment pas idéal.

Tant pis pour la discrétion.

Où diable est Ashton ?

Je saisis mon téléphone et tente d'appeler Dante, mais l'appel échoue immédiatement.

Des hommes sortent en masse du véhicule devant moi et bloquent la route, armes au poing. Le moteur de la voiture tourne au ralenti, ses phares m'aveuglant.

Une silhouette sombre descend, l'homme qui était assis derrière le conducteur, une cigarette à la bouche. Elle pend à ses lèvres alors qu'il lève sa main droite et fait un geste pour avancer.

Deux hommes que je ne reconnais pas s'approchent de ma portière, brisent ma vitre, ouvrent ma portière et me tirent hors du véhicule.

Je suis complètement à leur merci.

À suivre...

A PROPOS DE L'AUTEUR

Willow Fox aime écrire depuis qu'elle est au lycée (il y a bien longtemps). Ses romances de petite ville reflètent la vie dans une petite ville de l'Amérique rurale.

Qu'elle écrive des romances ou qu'elle s'assoie près d'un feu de camp pour lire un bon livre, Willow aime la magie des mots écrits.

Elle rêve d'être transportée et espère le faire pour ses lecteurs !

Visitez son site Web à l'adresse suivante :

https://authorwillowfox.com

AUSSI PAR WILLOW FOX

Aigle Tactique

Révélation : Jaxson

Furtif : Mason

Dissimuler : Lincoln

Clandestine : Jayden

Mariages Mafieux

Vœu Secret

Vœu Captif

Vœu Sauvage

Vœu Non Consenti

Vœu Impitoyable

Frères Bratva

Boss Brutal

Boss Vicieux
Boss Possessif
Boss Obsessif
Boss Dangereux

Père, célibataire et autoritaire
Le Milliardaire Grincheux
Grincheux des montagnes
Le Célibataire Grincheux

Ice Dragons Hockey Romance
Faux-semblants avec le Milliardaire
Défier le Joueur de Hockey
Faire Arrêter Le Joueur De Hockey

Glace rouge sang
Entre lames et sang
Entre glace et serments
Entre feu et gel

www.ingramcontent.com/pod-product-compliance
Lightning Source LLC
LaVergne TN
LVHW100514110826
845146LV00002B/636
* 9 7 9 8 8 8 6 3 7 3 1 7 2 *